2008年诺贝尔文学奖得主

勒克莱齐奥作品系列

暴雨

Tempête

[法] 勒克莱齐奥 著 唐蜜 译

人民文学出版社

J. M. G. Le Clézio

著作权合同登记号　图字 01-2016-8874

图书在版编目(CIP)数据

暴雨 / (法) 勒克莱齐奥著；唐蜜译.
—北京：人民文学出版社，2017
(勒克莱齐奥作品系列)
ISBN 978 - 7 - 02 - 012527 - 2

Ⅰ. ①暴…　Ⅱ. ①勒…　②唐…　Ⅲ. ①中篇小说-法国-现代　Ⅳ. ①I565.45

中国版本图书馆 CIP 数据核字(2017)第 041867 号

责任编辑　甘　慧　何家炜　郁梦非
装帧设计　张志全

出版发行　人民文学出版社
社　　址　北京市朝内大街 166 号
邮　　编　100705
网　　址　http://www.rw-cn.com

印　　刷　山东德州新华印务有限责任公司
经　　销　全国新华书店等

字　　数　100 千字
开　　本　889×1194 毫米　1/32
印　　张　6.375
版　　次　2018 年 1 月北京第 1 版
印　　次　2018 年 1 月第 1 次印刷

书　　号　978-7-02-012527-2
定　　价　29.00 元

目 录

暴雨 ………… 1

没有身份的女孩 ………… 115

暴　雨

献给牛岛的海女们

夜降临到了岛上。

夜注满坑洼，渗入平地之间的缝隙，潮水般的影子逐渐淹没一切。同时，这座岛也清空了游客。他们坐早上八点的渡船来，像脏水一样沿着公路和泥土的小径流动，占据海滩，挤满空间。等天晚了，他们又从水里抽身出来，往远处退去，消失。船只将他们带走。之后夜幕低垂。

我第一次来这个岛是在三十年前。时间改变了一切。我已经几乎认不出那些地方、那些山丘、那些海滩，还有东边崩塌的火山口的形状。

我为什么回来？没有别的什么地方，一个避风港，远离世界的碎语，不那么喧嚣，不那么粗蛮，另外的什么地方，可以让一个寻思着写作的作家，坐在书桌前，面对墙壁，让打字机吐出一行行的文字。我是想要再看看这座岛，世界的这个尽头，这个没有历史没有回忆的地方，看看厌倦了游客的礁石被大洋拍打。

三十年，一头牛一生的时间。我来了，为了风，为了海，为了那些拖着缰绳徘徊的半野生的马、夜里站在路中间的牛、它们悲哀的长声呼唤，还有被链子拴住的狗嘈杂的叫喊。

三十年前，岛上没有宾馆。防波堤边有按星期出租的房间，饭馆在海滩边的木头房子里。我们在高处租了一间木屋，潮湿而寒冷，并不舒适，但是很适合我们。宋玛丽比我大十二岁，头发黑得发蓝，眼睛是秋天的树叶的颜色，她在曼谷的一家酒店里为有钱的客人唱蓝调歌曲。她为什么想要陪我来这个荒凉的岛上？我本没有这么想，是她先提出来的，我记得。或者她听谁说起过一块下暴雨时无法接近的荒凉礁石。“我需要静一静。”或者这是我的主意，是我想要寂静。为了写字，在荒芜多年后重新开始写字。寂静，距离。风和海之间的寂静。寒冷的夜，成堆的星星。

现在，这一切都不过是些回忆。回忆是没有意义、没有下文的。当下才是重要的。种种教训让我明白了这个道理。

风是我的朋友。它不停地吹着这些岩石，它从东方的海平线赶来，一头撞到火山支离破碎的岩壁上，滑下山坡，从熔岩形成的矮墙间穿过，在破碎的珊瑚和贝壳碾成的沙子上游走。夜里，在我的旅馆房间里（旅馆叫做“快乐时光”，这个刻在木板上，不完整的名字不知是如何搁浅在此的），风从门窗接缝处钻进来，穿过空荡荡的房间，屋里的铁床也如一艘沉船。除了天和海的灰暗，还有打捞鲍鱼的女人们尖利的呼喊，她们的呼声、吸气声，这种不为人知的远古语言，这种海洋动物的语言，人类出现之前就已经久久徘徊在这个世界上……啊呜啊、依呀、啊依、阿依！……除了这些，我的流放和孤独没有别的缘故。宋玛丽带我来这个岛上时，这些捞贝壳的女人就在那儿了。那时很不一样。那时她们二十岁，不穿衣服去潜水，腰间坠着石块，戴着从死去的日本兵头上捡回来的面具。没有手套或者鞋。现在她们老了，穿着黑色的橡胶潜水服，戴着腈纶手套，脚上还有色彩鲜艳的塑料鞋。工作结束，她们沿着海边的路推着婴儿车，里面装的是一天所获。有时她们骑着电动车，或是烧汽油的三轮车，腰间挂着不锈钢刀。在为她们修建的空心水泥砖的屋子的外面、岩石之间，她们脱去潜水服，浇水洗澡，然后拖着被风湿啮食的身体，蹒跚回家。风带走了她们的年华，也带走了我的岁月。天空是灰色的，懊悔的颜色。大海则恶狠狠地卷着大浪，撞到礁石上、熔岩上。在狭窄的海湾入口，它转着圈，把浪稀里哗啦地跌碎到大坑里。没有这群日日在水中捕捞的女人，大海将是一个无法接近的敌人。每天早上，我倾听她们从水中探出头来时尖厉的喊声：啊呜依、依呀，想着逝去的时间，想着失踪了的玛丽。我回想她唱蓝调时的嗓音、她的青春、我的青春。战争抹去了一切，战争粉碎了一切。战争先有着漂亮的女孩的模样，长着长长的黑发，身形美好，嗓音悦耳，目光明亮，后来变成了寻仇的巫婆，长着髭须的歹毒老太，没有人性，残忍无情。记忆最深处的画面浮了起来。肮脏的街道上，残缺的身体，被砍下的人头，流到地上的汽油，流到地上的血。嘴里苦涩的味道，冷汗。一间没有窗户的简陋屋子，一个光秃秃的灯泡亮着，四个男人摁住一个女人。两个人分别坐在她的腿上，一个人用带子绑住了她的手腕，第四个人埋首于无止无尽的暴行。像在某些个梦里一样，没有别的声音。只有施暴者低沉的呼吸，还有那个女人的呼气声，快速、尖细，因为害怕而压抑。她可能喊过，因为她的下唇上有被打过的痕迹，开裂了的伤口流出血来，在她的下巴上形成一个星星的形状。施暴者的呼吸声加快了，仿佛是沉闷的怒气，或是机器低沉而不规则的响动，声音越来越快，好似总也不能停下来。

玛丽是很久之后的事了。纵酒的玛丽，被大海留在怀中的玛丽。“我能游过去。”我们穿越那个岛屿和大陆之间的海峡时，她说。太阳落山时，她进到了水里。潮水平平，水面的曲线缓慢地推进，葡萄酒的颜色。见到她下水的人都说她当时很平静，面带微笑。她还穿上了蓝色的无袖游泳衣，从黑色的礁石间穿过，开始游，一直游到落日的余晖之中，岸上的人看不见了她。

我什么也不知道，什么也没看见，什么也没预料到。然而，我们的木屋里，她的衣物被叠起来收拾好，好像她就要去远行。空的米酒瓶子，打开的烟盒，一个包，里面有几件日常的小东西：梳子、卷发梳、镊子、镜子、香粉、口红、手绢、钥匙，一点儿美元和日元。这些物件让人觉得她两小时后就会回来。这个岛上唯一的警察——一个年轻人，板刷头，少年的样子——清点了这些东西。但他把它们都留给了我，好像我是她的亲戚、一个朋友什么的。要是还能找出什么遗物，也由我来处理，烧掉或者扔到海里。但除了这些无足轻重的物件之外，什么都没有。房东挑了挑衣物，给自己留下了那双好看的蓝色的鞋、草帽、丝袜、太阳镜、手袋。我在院子里烧掉了文件一类的东西，至于剩下的钥匙和别的个人物品，在回大陆的船上，被我从甲板上扔了下去。水中闪过一道金色的光，我于是想，一条饿极了鱼，加吉鱼或是乌鱼，把它们吞掉了。

尸体没有找到。玛丽，她琥珀色的柔软肌肤，她的舞者和游泳者才有的结实的大腿，她的长长的黑发。“可是为什么？”警察问。这是他跟我说的唯一一句话。好像我能答得上来。好像我有谜题的钥匙。

当暴雨开始倾泻，当风从东边的海平线不停地吹来，玛丽就会回来。我没有幻觉，也不是要发疯（但监狱的医生写报告的时候，在我的档案的一开头就写下了这个致命的字母：Ψ[①]），相反地，我的一切感官都警觉起来，敏锐地抓住大海和风所带来的一切信息。不可名状，然而却是一种生的，而不是死亡的感觉，如光环般笼罩我的皮肤，唤醒关于玛丽和我的回忆。昏暗房间里的爱情游戏，从头到脚的绵长的爱抚，呼吸，嘴唇的味道，让我颤抖的深吻，徐徐而来的

① 希腊字母之一，音 psi，在拉丁语系中是心理学、心理分析学等词汇的开头。——译者注

爱潮，肚皮紧紧贴合的身体。我久久不再品尝的味道，我禁止自己品尝的味道，因为我的余生将在樊笼中度过。

暴雨中，我听到她的声音，感觉到她的心跳、她的气息。从玻璃窗的缝隙中，锈色的墙砖的孔洞里，风挤进房间，撞上房门。这时，岛上的一切都停止了。渡船不再沿着航道行驶，电动车和汽车也不再往来穿梭，白昼如夜一般暗沉，无声的闪电划过天空。玛丽离开的那一晚，天空凝静，她进入的大海也平静得像一面镜子。倾盆的雨中，她回来了，从海的深处，一个原子一个原子地被抛送回来。一开始，我不肯相信，我很害怕。我用双手堵住太阳穴，似乎这样便不会看到那些画面。我记得一个淹死的人，不是一个女人，是个七岁的小孩。他在某天晚上走失了，玛丽和我还有岛上的人在夜里找了一阵。我们拿着一支手电筒，沿着海边一边走一边喊那孩子。但我们也不知道他叫什么，玛丽就喊："喂——亲爱的!"她几乎失魂落魄，眼泪顺着脸颊流淌。那一天，也有这般的风，这般的浪，这般该死的海底的气息。黎明时，消息说孩子的尸体被找到了。岩石间的一个沙滩上，我们走了过去。有声音传来，如同风的呜咽，但那是孩子的母亲的哭声。她坐在黑色的沙子上，孩子放在膝头。海剥去了他的衣服，他几乎光着身子，只有一件肮脏的扭曲的T恤如项链般环绕着他的胸部。他的脸很白，但我马上注意到的是，鱼蟹已经啃噬了他的身体。鼻尖和阴茎已经没有了。玛丽不想走得更近，她的身体因为恐惧和寒冷而颤抖。我抱紧了她。在房间里，我们绞缠着身体躺在床上，一动不动，只是嘴对着嘴地呼吸。

十字形伸展的女人的身体，在她身上忙碌的士兵，还有她下巴被打后鲜血凝成的黑色星形。这个画面在我的脑海里挥之不去。她的眼睛看着我，而我退到了门边。她的目光穿透了我，看到了死亡。我什么都没有对玛丽说过，但正是为了这个残酷的画面，她纵身入海，再没有回来。大海洗去死亡，大海啮食，摧残，什么都不归还，或还回来一具已经被啃的孩子的尸体。一开始，我以为我来到这个岛上也是为了死亡，为了找到玛丽的足迹，在一个夜晚进到海里消失。

暴雨中，她来到我的房间。这是一个清醒的梦。她身体的味道和海底的气息混合到一起，唤醒了我。这气味，酸涩、浓重、阴暗，在沉沉低叫。我闻到她头发中的海藻气味，感觉到她被海浪抚平被盐粒磨光的皮肤。她的身体漂浮在黄昏的光线中，滑到被单下，而我紧绷的阳具进入到她的身体里。我被裹紧在冰凉的炽热中，她滑下我的身体，把嘴唇按在我的阴茎上。我完全拥有着她，她也完全拥有我，直到高潮。玛丽，三十年前死去，从未找到尸身。玛丽，从大海深处回来，用她有些沙哑的嗓音在我耳边说话，回来给我唱那些已经被遗忘的歌，那些蓝调，那些她在东方酒店的酒吧里给我唱过的歌。那并不完全是个士兵的酒吧，她也不完全是个酒吧的歌女。看到她时，我并没猜到她的身世。被大兵强暴的母亲遗弃了刚出生的她，一个阿肯色州的农民家庭把她养大。然后她又回来了，为了征服她永久的敌人，为了复仇。或者仅仅是因为，循环的命运总是一无遗漏地把人抛向身后的车辙。但我并不是一个士兵，她是明白了的，也可能因为这一点她选择了我：这个人头发剃得极短，穿着迷彩服，拎着相机，跟着士兵的动向，为战争专栏写文章。我记得我们第一次说话，在她唱完歌后，深夜，或是清晨，湄南河边的露台上，她弯腰看什么东西，一只正在挣扎着将要死去的夜蛾。透过红裙的领口，我看到了她诱人的、自由晃动的柔软乳房。她完全不了解我，我也不了解她。我以为旧事的隐痛会消失，我忘却了对四个在顺化强奸了妇女的士兵的审判。其中的一个，扭过了她的手臂摁在她脑后，打伤她的嘴唇使她不再作声，另一个连裤子都没有脱，毫无顾忌地在她身上放肆。还有我，将一切看在眼底，什么也没说，什么也没做，或者几乎什么也没做，几乎没有勃起的感觉。但沉默地观看，也是行动。

我愿意以一切作交换，如果能让我不在当时当地，不做这个证人。在他们的法庭上，我没有为自己辩护。那个年轻的女人也在，坐在第一排。我偷偷地看了她一眼，没能认出她来。她看起来更年轻，几乎是个孩子。她坐在长凳上，一动不动，室内的日光灯照亮了她的脸。她嘴巴很小，紧紧地闭着，头发梳到脑后挽成髻，绷紧了脸上的皮肤。有人用英语念了她的证词，她还是不动。离她几米远的地方，四个士兵坐在另一条长凳上，也一动不动。他们谁也不看，只盯着对面的墙壁、台上的法官。他们看起来却更老，身材已经臃肿，已经带着囚犯那种泥土般的脸色。

我没有跟玛丽说过这件事。在东方酒店遇见她时，她问过我退伍之后做了什么。我跟她说："没做什么……去旅行了……没干别的了。"她没有再问什么。我也决不会有勇气告诉她真相："我被判坐了牢，因为我目睹有人犯罪，却没有阻止。"

我想要和玛丽一起生活，一起旅行，听她唱歌，分享她的身体和她的生活。要是我告诉她这一切，她会让我离开。我和她在一起待了一年，直到来到这个岛上的某一天，她决定进到海里。我一直不明白为什么，我们是躲在这里的，谁都不认识我们，没有人会告诉她我的故事。也许也没有什么可解释的，她就是简简单单地疯了，听凭海浪带走自己。她游泳是很棒的，在美国，她十六岁的时候，曾被选去参加墨尔本的奥运会。那时，她叫玛丽·宋·法雷尔。姓宋是因为她被收养时就带着这个姓，也许是因为她的生母。或者是因为她会唱歌[①]。我不知道。这些也可能是我事后编的。

我不编别人的故事，我对他们不感兴趣。我不是那种在酒吧讲述自己身世的人。我不认识阿肯色州的这家人，姓法雷尔的农户。玛丽在这个家里学会了照料牲口，修摩托车，开拖拉机。十八岁时的一天，她飞走了，去别的地方生活，再没有回农场。她在海上消失后，我曾试着寻找她的养父母。我往镇上写了信，问他们的地址，但没有收到任何回音。

我认识玛丽时，她快四十了，但看起来年轻得多。我二十八岁，刚从监狱出来。

① 英语中 song 意为歌曲。——译者注

暴雨借给我它的愤怒，我需要它可怖的尖叫，冶铁风箱般的喘息。我是为了暴雨回到这个岛上的。此时，一切都封闭起来。人们躲在了房子里，关窗锁门，他们蜷缩在贝壳里，甲胄中。那些游客也消失了，带着他们涂脂抹粉的脸，他们摆拍的姿势，撒娇做媚的表情。穿着超短裤骑自行车的女孩，骑沙滩车的男人，宝丽莱的眼镜，他们的背包、相机。他们全都回到了城里，回到了他们的高档公寓里，回到了他们那没有暴雨的国度。

岛上的居民则把自己埋了起来。屋子里，满是雾气的玻璃窗下，他们坐在地上喝啤酒，打牌。电灯忽明忽暗，就快停电了。商店里的冰柜将渗出尿液般黄色的水，咸鱼解冻，眼珠掉出来。巧克力条在包装里变软。我是因为暴雨回来的。我觉得又回到了战时，盲目地跟随着某支溃退的部队，高音喇叭里叫喊着听不懂的指令。我回到从前，重新生活。我想要重新回到顺化的那所房子的门前，注视。我的目光将止住时间的流逝，澄清困惑，将那个女人从她的行刑者的手中解救出来。但是，我所知道的任何事都不会被抹去，这座岛，便是我的灵魂不可救赎的明证，它意味着不可能。它是最后的一座浮桥，这一站之后，什么都没有。我是为了这个回来的，不是为了重拾回忆，像狗一样嗅出什么线索。我来是为了确认什么都认不出来，是为了让暴雨洗刷一切，永久地洗刷一切，因为大海才是唯一的真理。

我的名字叫俊娜。我的母亲是个海女。我没有父亲。我母亲叫朱丽娅，也还有另一个名字，不是天主教的，但她不许我叫。我出生的时候，我的父亲就已经离开了她。她给我取名字时，想到她的祖父叫俊，这是一个中国名字，因为他是从那边来的。她把我叫作俊娜，因为这在美国话里是六月的意思，她是在这个月份怀上我的。我很高，皮肤黑，妈妈的家人都咒我，因为我没有爸爸。于是妈妈带上我，来这个岛上过活。我来的时候四岁，不记得以前的事情，也不记得路上的事，只是有印象我们上了一条船，天在下雨，而我背着一个很沉的背包，那里面藏着妈妈的所有首饰和值钱的东西，因为她觉得不会有人偷一个四岁女孩儿的背包，这样东西就不会弄丢。后来她把大部分的首饰都卖了，只剩下一对金耳环和一条项链，也是金的，不过也可能只是镀金的而已。我记得海上在下雨，我可能哭了。也可能是雨水打湿了我的脸，把头发粘在我嘴上。很长一段时间，我都以为下雨是天在哭。现在我再也不哭了。

妈妈不是真的海女。我的意思是，她不像这里这些从小就干这活的女人，她们都跟黑色的大鲸鱼似的，尤其是她们从水里出来，迈开瘦瘦的老腿摇摇晃晃走路的时候。可妈妈还很年轻，很漂亮很苗条，她的头发很光滑，脸上也几乎没有皱纹，只是因为捞贝壳，她的手变红了，指甲也磨坏了。她不是这里的人。她来自首都，她怀上我的时候还是大学生。我爸不想要孩子，抛弃了她自己回到世界另一头，妈妈于是决定躲起来生下我，为了不给家人丢丑，她跑到了很远的乡下。为了过日子，她做过好多不一样的工作，她在一个养鸭场待过，在一个餐馆干过活，洗盘子和清扫厕所。她带着还是婴儿的我从一个城市走到另一个城市，一直到南方，然后有一天听说了这个岛，于是就坐船到了这儿。她先在餐馆里干活儿，后来买了一个面具和潜水服，开始捞鲍鱼。

大部分的海女都老了。我管她们叫“奶奶”。妈妈到这里时还很年轻。海女们先是跟她说：“你来这儿做什么？还是回你那城里去吧。”但她坚持了下来，她们最后就接受了她。她们教了她怎么做，怎么潜水、憋气、辨认出贝壳藏身的地方。她们好就好在接纳了妈妈，却没有向她提关于她丈夫或是我的问题。她们成了我的家人，以前我没有家人。等我大一点儿可以一个人溜达时，我就去找她们。她们出水时，我给送点儿热汤，或是水果。我和妈妈住在高处的一个房子里，她跟一个老太太租的。这个老朽的女人以前也下水，皮肤很黑，我叫她大姨。有一次她在水底下待了太长的时间，出来后就不行了，行动变得迟缓，就不再下水了。她成天待在红薯地里，刨土，拔草，我放学了就去帮她。她有只狗叫胖墩儿，因为它很肥，腿又短，不够聪明。去年，一个男的来住到了我们家。他让我们叫他布朗，就好像他是英国人似的，我不喜欢他。他和妈妈在一起的时候，说话很甜，但只有我一个人的时候，他就很坏，说话不礼貌，操着奇怪的口音指使我做事儿。有一天他把我惹急了，我学着他的腔调说："你别这么跟我说话，我不是你女儿。"他看着我，像是要打我的样子，但那之后他就防着我了。我不太喜欢他看我的样子，我觉得他是想要看穿我的衣服。他和妈妈在一起的时候，又做出亲热的样子，这时我就更讨厌他了。

在学校我没有朋友。一开始还好，但从今年开始就不一样了。有一拨女生故意惹我。我跟她们打了好几架，我最高，是我赢了，但她们有时候好几个人一起来打我。在我回家的路上她们朝我扔土块儿和小石头，还装狗叫。她们说我没有爸爸，我爸是个叫花子，在坐牢，所以他从来不来看我。有一回我说："我爸，他没有坐牢，他打仗死了。"她们嘿嘿地笑："拿出证据来！"她们这么回答。但我拿不出证据。我问妈妈："我爸，他是活着还是死了？"但她低下头，没有回答，就好像没有听见一样。想一想，那些女生可能是对的，因为妈妈从我小时候起就教我英文，说是为了我的将来，但这也可能是为了让我记得我爸的语言。

学校里最坏的一个孩子，是个男生，叫卓。他又高又瘦，比我高一个年级。他很阴险，他说我是黑人。他说我爸是军事基地的美国黑人士兵，妈妈是妓女。他老在我一个人走路的时候这么说，大人们听不到他说什么。他跟在我后面跑，跑到我旁边时就压低声音说："你妈是妓女，你爸是黑人。"他知道我不会跟人告状，因为我太羞愧了。卓有一个大大的鹰钩鼻子，两边是黄色的眼睛，眼珠是中间的两个黑点，他那两只狡猾的眼睛像吃屎的狗一样。我一个人在路上走的时候，他从后面跟上来，抓住我的头发。因为我的头发很卷，他的手指头抓到里面，拽着我的头碰到地上。我的眼眶里都是泪水，但我不哭，不能遂了他的愿。他想要我喊出来，还说："叫你妈妈啊，叫她啊！"但我不叫，我拿脚踢他，一直踢到他放手。

这个世界上我最喜欢的就是大海了。从很小的时候起，我的大半时间都是和海一起度过的。刚到岛上时，妈妈先在卖海鲜的餐厅里上班。她早上很早就去，把我放在角落的推车里，这样我就妨碍不到别人。她用刷子刷水泥地，洗水槽和大锅，打扫院子，烧垃圾。然后去厨房里，切洋葱，洗贝壳，煮菜汤，切用来做刺身的鱼。我就在我的推车里，什么也不说，就看着她。据说我很乖，不愿意到外面玩。老板娘说："这小丫头怎么啦？好像什么都怕。"我其实不怕，我待着保护妈妈，保证她不会有什么事。然后有一天，妈妈受够了给这些人当牛做马，就跟来送贝壳的老女人们说好，自己也当了海女。

从这时候起，我每天都去海边。我和她一起走，背着她的包、鞋，还有面具。她在岩石的避风处换衣服。她还没穿上潜水服的时候我就看光着身子的她。她不像我又高又胖，而是小小瘦瘦的，除了脸被晒得很黑，她的皮肤很白。我记得我看着她皮肤下突出的肋骨，还有她的乳房，她的乳头很黑，因为她给我喂奶喂了很久，一直到我五六岁。她肚子和背上的皮肤很白，而我就算不晒太阳也很黑，所以学校的孩子才叫我黑人。有一天我对妈妈说："是真的吗？我爸是个美国兵，他不要我们了。"妈妈看着我，像要给我一耳光的样子，然后说："你刚才说的，再也不许说了，不准跟我说这样的坏话。”她还说，“别人说你的坏话，你也来说，那你就是自己朝自己吐口水。”于是我就再也没问过了。但我还是想知道关于我爸爸的真相。

我还小的时候，不去上学。妈妈怕我被欺负，因为我没有爸爸，我想她肯定也很自卑。她潜水的时候，我就待在岩石中间，看着她的衣服。我挺喜欢这样的。我有一个窝似的东西，毛料做的，正好安放在黑色的石头上，然后我就看着海。也有好些奇怪的动物，有甲虫什么的悄悄从缝隙里爬出来看我。它们在太阳底下，也不爬，我只要一动，它们就飞快地躲起来。也有一些鸟，海鸥、鱼鹰，还有一些用一条腿站着的灰色和蓝色的鸟。妈妈穿上橡胶的潜水服，调整头套、手套、鞋，然后进到水里，再戴上面具。我看着她往海中间游去，身后拖着一个黑白色的游泳圈。每个海女都有颜色不同的游泳圈。等到游得够远了，在波浪之中，她扎进水里，我能看见她蓝色的鞋在空中摇晃，腿滑进水里，然后她就不见了。我学会了数秒。妈妈说：“数到一百，要是我还没有出来，你就得去找人来帮忙。”不过她从来都不待到一百秒。顶多三四十秒，她就浮出来了。这时候，她就会喊。每个海女都会喊，她们都有不同的喊声，这是为了换气。她的喊声我很远就能辨别出来，就算我看不见她，就算有别的喊声，别的声音。有点像鸟的叫声，很尖，结尾的时候很低，像这样：嘿哈！呼呼——哈呜哈！我问过她为什么是这样的声音。她笑了，说她也不知道，她第一次从水底钻出来的时候自己就发出了这样的声音。她开玩笑说我出生的时候也是这样的，我就是这么哭的。她每天下水的地方都不一样。要看风、浪的情况还有海女们的决定。每天早上她们都会选定地方，因为她们知道在哪儿能找着新的贝壳。人们会以为贝壳都在水底下不动，其实它们经常换地方。它们每天夜里都会走，因为要找吃的，或者有海星来找麻烦。海星是贝壳的敌人。妈妈有时会在袋子里装回来几个，放在太阳底下晒死，我就会挑最好看的，拿去卖给防波堤边的旅游纪念品店，我也卖粉色的珊瑚枝。

开始上学后，我就不跟妈妈去海边了，这让我很伤心。我一开始跟她说，我不要上学，我要跟她一样当海女，可她却说我得学习，出人头地，而不是去捞贝壳，因为这活太苦了。不过暑假的时候，她会带上我。我套上好几件T恤衫，穿着破了洞的旧牛仔裤，套上塑料鞋和面具跟她一起往外海游，去看水底的东西。一开始，我有些害怕，拉着她的手。水里有成群的鱼、海藻、海星，还有海胆，它们的刺是黑色的，在水里动来动去好像跳舞一样。在水下，我能听到奇怪的声音、水泡的动静，还有沙子咯吱响。有时渡船穿过海峡时，远远地会传来轰隆隆的声音。妈妈指给我看海藻下面鲍鱼在哪儿藏身，怎样用刀把它们撬起来。我有一个跟她一样的网兜，好把自己采来的东西搁到里面。但我没有橡胶的潜水服，一会儿就觉得冷，妈妈看着我的手变白了就把我带回岸边。于是我裹上一条毛巾，看她又回到水里。

上学的时候我就不知道她在哪里潜水了。一放学我就往水边跑，沿着海边的路看她是不是和别的海女在一起。我支着耳朵听她们的喊声，当我听到呼呼——哈呜哈的时候，就知道她在了。有时找不见她，我就一直看着大海，盯着海浪，心收得紧紧的。鱼鹰在岩石高处站着，微微张着翅膀晾干羽毛，好像爱嘟囔的老渔夫。等我回去时，妈妈已经在家了，她没下海，因为浪太大，或者她自己觉得不舒服，我于是大大地放下心来，几乎都想笑。当然我什么都没说，因为她是为了我，为了给我交学费、买吃的才这么辛苦。

有那么几次，她跟我说起她的海豚。她刚开始潜水的时候遇上了它，有时它会来离岸不远的地方看她。她提到这个就跟孩子一样兴高采烈地笑。她的牙齿很白很漂亮，这让她笑的时候看起来很年轻。可是我的牙齿就很大，不整齐，就像快要倒掉的多米诺骨牌。妈妈很漂亮。为了潜水，她把头发剪短了，因为海水的关系，她的头发都有点立着，这样看起来她像戴着黑色的头盔。我很喜欢给她洗头。我头发又长又卷，可能是因为我爸，就像卓说的，他可能是非洲人，或者是遗传了我的中国祖父。好像中国人的头发就常常是卷的，不记得在哪儿看过这个了。妈妈说她很喜欢我的头发，不想我剪掉。她经常给我洗头，然后抹椰奶，好让颜色变浅。

我经常一个人去海边。放学后，我不回家做作业，而是跑到海边。我去最大的沙滩，因为冬天那里一个人也没有。我特别喜欢冬天，一切都好像在休息，大海、岩石，甚至那些鸟。冬天的早上，妈妈走得不是很早，因为水底光线还很暗。水上和水下可不是同时亮起来的。我去岩石间找她。海水是灰色的，风抚平了海浪，简直都不动，像马的皮肤。大部分的海女这时候都不出来，但妈妈可不含糊，她知道这些天能捞着双倍的东西，赚到六七十块钱。她让我帮忙把贝壳送到餐厅，尤其是那些很沉的鲍鱼。她不去太远的地方，就在防波堤里面的港口边，或者沙滩尽头的礁石中间。我躲在海女们的小屋子里，看她进到水里，伸直了腿往水下钻，她的蓝鞋闪闪光，然后水就合上了。我就像小时候一样，慢慢地数着：十、十一、十二、十三、十四，这时她就又出现了，仰着脑袋，唤着：呼呼——哈呜哈，我也喊着回应她。我在电视上看过一个关于鲸鱼的电影，我对她说："你们这些海女，喊的声音跟鲸鱼一样！"她乐了，又跟我说起那个时不时在黄昏时分来看她的海豚。不只是她见过海豚，还有她的一个朋友，据说是个日本兵的私生女的老太婆康多，也说她会跟一条海豚见面，而且她还会跟海豚说话。她说有几次，早上很早，或者下午天快黑的时候，海豚游到她旁边，她就在水底下闭着嘴巴发出小小的声音跟它说话，或者拍手，这样它就游到离她特别近的地方，她都能摸到它又软又滑的皮肤，她就是这么说的。于是我也是，在风平浪静的日子，天快黑的时候，戴上面具游到水里，希望能遇见它，不过到现在它都还没有来过。所以只有妈妈和老康多见过它。但它跟康多最熟，因为她很老，海豚不怕她。我问过老太太它的眼睛是什么颜色，她想了想说："嘿，这真是个怪问题。"她说她不知道，可能是蓝色的或者灰色的。妈妈没有很近地见过它，只是一个灰色的影子从离她不远的地方滑过去，但她听见了它的声音，当它游过时发出的小小的快乐的声音。这岂不是太美了吗？所以，我也是，我也要当海女。

大海很神秘，可我不怕。时不时的，它会吞掉一两个人，一个海女，或者捞乌贼的渔人，有的时候还有不太小心的游客，从平坦的礁石上就被海水吸走了。大部分的时候，它都不会把尸体还回来。晚上，海女们聚集到水泥砖房子前，浇水冲澡换衣服的时候，我就坐到那里听她们说话。她们说的是岛上的方言，我不是全部能听懂。她们的口音倒是跟唱歌似的，就好像她们出了水还忘不了在海里的喊声。她们说的是一种海的语言，跟我们的不太一样，里面混杂着水下的声音、水泡的咕嘟、沙子咯吱咯吱的响声，还有海浪撞碎在岩石上时发出的闷响。她们挺喜欢我，我想。她们叫我的名字，俊娜，她们知道我不是这里的人，我是出生在城里的。但她们从来不问我什么，关于我爸也好妈妈也好，很小心。不过我明白我不在的时候她们也胡说八道，但这也没关系，人都这样。她们老了，孩子都不在身边，他们都在公司里上班，到处出差。她们喜欢我该是因为我让她们想起自己的女儿，长大了的、一年里过节或者过生日才能见上一两次的女儿。她们管我叫“闺女”，或者“小家伙”，虽然我比她们都高。

妈妈不喜欢我和海女们待在一块儿，她不许我和她们一起去游泳，怕我也跟她们一样最后靠捞贝壳过活。她说我得在学校好好学习，今后上大学，好做当年她因为怀上我而没有做成的事。我得当上医生、律师、高中老师，有个好职业，最不济也得是个办公室的职员。可是我不喜欢这些每天都得到同一个地方上班的职业，还得听爱发火的老板瞎指挥，每天晚上到家就睡觉。我喜欢的，是大海教给我，还有老太太们从水里出来时教给我的。她们在小屋子里用木板点一堆火，然后在落日的余晖中把从海里捞出来的宝贝摊在黑色的石头上，有闪着珍珠一样光泽的鲍鱼、黑色的尖贝壳、海星、乌贼。海底下肯定也有一个世界，很美的，和我们在陆地上看到的一切完全不一样的世界。这个世界不是又干又硬，能刮破皮肤和眼睛的，这个世界上的东西都慢悠悠地流动着。是有关于大海的传说，比如说那个老婆婆靠海龙躲过老虎的故事，或者吃水手的海怪的故事，但这都是哄小孩儿的，不是我想听到的。我想象中的，是一个通往另一个世界的门，门那边，一切都是蓝色的，明暗交织，又柔滑又有力，到处闪闪发光。这个世界里很冷，住着成群的透明的鱼，里面的声音也不一样，不像我们这边的人说的，要么阴险要么恶毒的话，只有这些喃喃的话声，围绕着你，牵引着你，你一听到，就不想再回到陆地上来。

这些就是年老的海女们从水中走出来时教给我的。她们略略支着胳膊，在礁石上蹒跚地走着，她们身体黑亮，肚子和胸部突出来，她们早没了水的轻盈和水的青春，风推搡着她们，天空沉沉地压着她们，阳光刺得她们的眼睛充满泪水。她们擦拭着身体，用手指擤鼻涕，往水坑里吐痰。她们把采来的尖贝壳、鲍鱼和海胆倒在一块平坦的岩石上，她们的指甲乌黑劈裂，脖子上的皮肤像乌龟一样。她们一声不响地脱下橡胶的连体衣，我帮她们拉袖子，并不笑什么。她们的皮肤带着海的味道，长期泡在水里的头发都是卷的。有一回我说："喏，我好像就是生在水底下的，我的头发自己就是卷的。"然后她们把东西都收到推车里，我想，她们还是年轻的妈妈的时候，应该就是用这些推车推着她们的女儿到处走的吧。她们一个接一个地走在沿海路上，一点儿也不在乎游客的车，或是给她们拍照片的好奇的人。她们往自己的家走。在陆地上，她们显得沉重笨拙，好像被粘住了翅爪的老海鸥。但我觉得她们挺美，而且我特别喜欢老康多。我到家时妈妈就狠狠地盯着我。布朗有一回想要教训我，但我只是冷冷地看了他一眼，自从我嘲笑过他后，他就小心我了。他最好还是闭上他的臭嘴。

我忘了说克约先生。我是这么叫他的，但他实际上叫菲利普，是个外国人。我第一次见到他时是在码头，他当时正在那儿钓鱼。为了钓鱼，他成套的行头，简直是专家级的装备。一根玻璃纤维的钓鱼竿，特别棒的纺车轮。一个红色的塑料盒子里有各种各样的鱼钩、鱼线、鱼漂、铅坠，这之外还有一把不锈钢的小刀，有好几片刀片、折叠剪刀和指甲刀。他还有个金属盒子，里面满满的是做饵的虫和虾。那天晚上，我去堤上看渡船出港，他就一个人在那儿。我是挺喜欢外国人的，就上去跟他说话。我一般也不跟他们搭话，不过那天晚上，我就是想跟这个陌生人说点什么。他那时的样子怪怪的，一身城里人的衣服加上那堆钓鱼装备让他看起来缩头缩脑、笨手笨脚的。真的挺奇怪的，要说我还真没见过他这样的人。

“您的装备真齐全，您很会钓鱼吧！”他仔细看着我，似乎想知道我是不是在嘲笑他，至于我会说他的语言，他看起来一点也不惊异。

“啊，是吧。”他最后说，“不过这么多装备也帮不上什么忙。”他自己承认说，嘴角有一丝微笑。我挺喜欢他这么说的，因为这是第一次有人老实说：“我一窍不通，这是我第一回钓鱼。”

他的脸色很暗，皮肤有点儿发灰，头发卷曲，我能看出有点儿长，因为他戴着一顶棒球帽，上面写着 1986。他很壮实，肩膀很宽，手很大。一眼就能看出来他不擅于钓鱼，因为他穿着一身西装和亮漆的皮鞋。但是他又不像是个来旅游的。

“您是到这儿来学钓鱼的，对吗?”他看着我，不笑。他可能觉得奇怪吧，这么个十三岁的小女孩儿问他问题。他抛出鱼线，线在空气里嗖嗖作响，直到铅坠在十米之外落水。他说：“那是您来教我了?”他有嘲讽的意思，但我可不气馁，说：“喏，我可以教的，我很会钓，我从小就干这个。”然后我还做出很聪明的样子添上一句：“您看，这个岛上，除了钓鱼也没有别的什么事情可做。”他摇着纺轮不回答，我说，“得知道上哪儿钓。比如说这里，您可什么都逮不着，因为水不够深，鱼钩只会卡到水草里。”就在这时候，他的鱼线像跟我说好了似的挂在了水底。“看见没？我说了嘛，卡住了。”他骂了一句就开始使劲拉，鱼竿都快断了。“等等，我来。”我拿过鱼竿慢慢地朝左右摇晃，然后又趴到地上轻轻地一下一下拉鱼线，就好像拉拴着的动物似的。过了一会儿，线松了，他摇回来，鱼钩上挂着一丛海藻。他终于笑了，很满意的样子：“是真的，您没瞎说。”他变得友好了，“您挺在行，有时间的话，您可以给我上课。”我说：“只要不上学，我有的是时间。”这时候，他告诉了我他叫菲利普·克约，我挺喜欢这名字。我马上就想，我能跟有这样名字的人做朋友。我又待了好一会儿跟他讲钓鱼的事，我指给他看堤坝另一边的一个地方，涨潮时淹不到的。天黑后我回家了，走之前我对克约先生说：“明天是星期天，您要是愿意的话，我可以带您去能钓鱼的地方。您明白我是说鱼多的地方。”他还是微微笑着看着我：“好，那明早见？”我说：“明天下午，因为早上我和妈妈去教堂。”他收拾了鱼竿和鱼饵：“您不知道我住哪儿啊。”我打了个手势：“谁都知道您住哪儿，先生，这里只是个小岛，大家互相什么都知道。”我怕他没懂，又添上一句，“您从住的地方出来就行了，我能找着您。”就这样，我们成了朋友了，菲利普·克约先生和我。

夏季接近尾声，力气渐渐回到我的身体。我恨夏天，这是一个忘却的季节，或至少是人们假装忘却的季节。每一天，人的潮水充溢到每一个角落。这是一股混浊的、汩汩有声的水，往空旷的地方渗透，时而分叉，时而聚拢变粗。有些时候，早上六点，天已经大亮，空旷的天地好似一个悬念。只有几个捞鲍鱼的女人漂浮在海里，几只鸟。就那么一瞬间，大军临境。又如成百上千的黑色昆虫出壳。它们张开鞘翅四处乱爬，触角到处窥探。它们游水，翻滚，有时还会飞。我亲眼见到的。一个男人用带子拴住自己，四脚着地让船拖回了沙滩，风吹鼓了他松弛的翅膜，活像一只可怕的彩色大螃蟹。我站在了他前进的路线上，他不得不停下来，把一张红脸转过来看我，他抹了一把脸，说："谢谢！"[①]倒是什么邪风把他吹到了这里？

因为噪音和高温，我在港口的旅馆房间待不下去了。我找老板租了一顶帐篷——在我看来，这帐篷是战后过于充盈的物资的证明——去到岛的另一边，扎下了帐篷。这一边没有海滩，海岸上只有嶙峋的黑色石头。这边遍地都是海蟑螂，但总比那些人虫好。玛丽曾说我是个矫情的永久的孤独者，她嘲笑我："妞儿，别怕。"她对我的生活一无所知，也不常聊她自己的事。一天夜里走在海边时，她毫无顾忌地大声唱着歌，于是我说，随便在别的什么地方，她都会被当成疯子。她不唱了，苦涩地说起了被她叫作"白宫"的房子。在家人的一个医生朋友的建议下，她被送到那儿关了起来。

---

① 原文为俄语。——译者注

那地方到处都是白的，墙、天花板、护士和医生的褂子，甚至病人们的脸色。

我于是觉得欠了她什么，便故作轻松地说："我也是，我也被关起来过。"她说："您也被关在白宫里？"我说："不是，是监狱里。"随便谁都会问："您为什么进了监狱？犯了什么事儿？"玛丽没有问，她沉默不语，我也没有说下去。我不太擅长坦白。

不钓鱼的时候，我会走路横穿小岛。离岸远的地方，游客少得多。他们只对沙滩和几个著名的景点感兴趣，不会去看种着红薯和洋葱的农田。夏天，小路灼热，土地散发出一股沉闷的酸味。树篱后的牛安安分分。阳光刺眼。我记得，我和玛丽白天睡觉，晚上出来活动。我们租过的小房子还在，空心水泥砖和木板搭的墙，铁皮瓦楞板的屋顶。听人说这房子被一个日本建筑师买下了。他在这岛上可是有一番宏图：四星级酒店，直升机停机坪，海水疗养馆。他的偶像是安藤忠雄，就这么简单。爱怎么着怎么着吧。我和玛丽在黄昏时分出门，就像是吸血鬼，在夕阳的余晖消失在薄雾中时开始出没。我们在黑暗中游泳，身体因为海藻抚过肚皮而颤抖。一个月半的夜里，我们在沙滩上做爱，在水里，像海牛那样翻滚。我曾以为我早忘了这些久远的旧事，而现在回到此地，那时的每一秒又重新醒来。

多年后回到这个岛上，我本打算最多待两三天。我在轮渡终点站旁的小旅馆里，租了一个房间，楼下便是给游客们出租电动车和自行车的商店。两三天，只消确认什么都没有了，过去的事都过去了，我也不会再有什么感想，耸耸肩，嘿嘿冷笑一声，这就够了。第一天，我什么都没干，只是看着来往的船只、从甲板上挤下来的人群、汽车、自行车。大部分来玩的人都很年轻，情侣、成群的孩子。我一直看，直到恶心，直到脑袋一阵阵地疼。他们都来干什么？凭什么？他们想找什么？这些平淡无奇的猎奇者，穿着颜色鲜艳的帽衫、篮球鞋，戴着棒球帽和太阳镜。而关于在这个地方游荡的危险，深夜的鬼魂，埋伏在海底的、潜藏在沟壑中的力量，他们又知道什么？他们见过淹死的人吗？我真真切切地恨他们。我数着他们来回的次数，几百，几千。他们全都一模一样。

夜里，我沿着路走，沿着海边走，无所不至。游客们都逃走了。不过我觉得还是有那么几个留下来了，躲在薄雾后窥视着我。天很冷，风吹着，海潮在往上涨。没有月亮，天空被蒸汽遮盖，大海于是成了模糊不清的一片。我摇摇晃晃地走着，稍稍张开双臂保持平衡。我走过的地方，被拴住的狗汪汪叫着。一个没有灯光的谷仓里，一头牛也在叫。就在这时，我突然想起，我曾经走在这条路上，孤独而又盲目。我又回到了三十年前，和玛丽在一起。我走在她身边，突然吻了她一下，脖子上、发根的地方。她走开了一些，似乎有些惊讶，我拉住了她，然后两人互相搂着，一直走到沙滩，坐在了硬实的沙子上。我们听着海的声音。这是我们第一次亲吻。

这一夜，我们聊了很久才回到小屋里。这一夜停留在了我身上，如今它重新降临，似乎没有什么将我与这一夜隔离。这既是痛楚，也是快感，尖锐、锋利、强烈。这让我有些头晕、恶心。就在这一刻，我明白了我到这里是为了留下来，跟那些朝生暮死的人虫没有任何关系。我得重拾这一经历的头绪，玛丽的失踪不是一个结局。我得要弄明白，我要尝到苦涩的尽头，不幸之欢愉的最后。

我于是延长了旅馆房间的租期，住了下来。为了让老板不察觉到什么，我跟他买了一根鱼竿、一些鱼钩，还有一盒鱼饵。我还找他租了顶帐篷。风不大的夜里，我在空荡荡的海滩边，离水泥砌的公共厕所不远的沙堆上，扎下帐篷，听海的声音。

岛上的人什么也不说。他们不接纳我，也不批评我。这就是游客多的地方的好处。外国人这个词在这里没什么特别的含义。

没有人操心我，没有人记得我。没有人还想得起玛丽的名字。这是过去的事了，年代久远，但这不是理由。这里，海风吹走一切，磨平一切。这里淹死的人，有过好几十。有的海女，潜到水下，窒息过去，然后在水底漂流，腰上还系着铅块。潜水失压的事故，憋气造成的突发的心脏病。风吹着一块块窄小的农田，穿过熔岩构成的石壁，无遮无拦。我所纵身追寻的，苦涩而无用。这些人怎么能懂？他们的烦恼，是日复一日的琐事，就在当下，没有明天，但走了的人就不会再回来。我痴迷的事使我痛苦，但也使我快乐。医学上叫做剧痛的，我理解成摄魂的疼痛。当时那些士兵就是这么跟我描述的。那时我跟着他们，手里拿着笔记本。他们不谈酷刑，他们说的是一种游戏，反复的、剧烈的疼痛，这让人上瘾的疼痛。应该爱这种疼，否则，一旦疼痛停止，就什么都没有了，唯独剩下死亡。

我和菲利普·克约先生每天都见面。一开始，是我去找他。放学后，或是没课的日子，我穿过田地，然后沿着海边走，直到看见他。现在，是他来找我。我在石头中间等他拿着鱼竿来。他试着投线，但很快就泄气，因为他什么都钓不到，要不然就是几条透明的、浑身是刺的小鱼。我来投的话，倒是能钓上来大的、红色的鱼，还有比目鱼。克约先生实在没什么天赋，都不会把虾穿到鱼钩上，我都做给他看了，怎样把鱼钩从虾的脑袋穿进去，一直穿到虾尾。他就是弄不上，手指头太笨。不过他的手保养得很好，我喜欢。他没有劈裂的指甲，他会用指甲刀和锉子来修，我挺喜欢这样。我讨厌指甲脏的男人，比如像妈妈的男朋友布朗先生那样的。克约先生的手有一点褶皱，皮肤挺黑的，手掌很红。虽然他的手很笨，但他手掌的皮肤光滑而干燥，我顶讨厌的就是手掌湿答答的男人。又潮又热的男人的手让我觉得恶心。我呢，我自己的手总是干的，又干又凉。我的脚也总是凉的，不过似乎大部分女人都这样。

我们待在海边钓鱼，一直到天黑。大部分时候我们都忘了钓鱼。风高浪大的天气，把线扔出去也没用。鱼都躲在水底的洞里。克约先生坐在石头中间，不动，就看着海。他看着大海的时候，表情可难过了，就好像大海的颜色进到了他的眼睛里。

“您在想什么?”我问他。一个十三岁的丫头会对一个老头子想的事情感兴趣吗?他居然不觉得奇怪。“我在想我这一辈子。”他说。“那您这一辈子做过很多事吗?”他没有马上回答。我还是对老人有一些了解的，我总能逗着海女们说话。肯定有人觉得我找他们说话很奇怪，不过我知道，人老了，就会喜欢年轻人跟他们问问题。我想我老了就会这样。“我读了书，本来是打算当建筑师的，后来成了记者。服兵役的时候开始的，我把前线上发生的事情写下来寄出去。我挺喜欢写作，但是不会写书。我到这里来就是为了有时间写书。”他有些口音，一边想一边说。我喜欢他说的英语，很有英国味。我听他说的词，一个人时就试着像他那样说。我觉得他的英语跟妈妈教我的不一样。克约先生说我口音很好，这可能是因为我爸是美国人，不过当然了，我没告诉他这个，这跟别人没有关系。我很喜欢说另一种语言，这样学校的孩子就不明白我在说什么。我是这样跟克约先生说的:“请您教我您的语言里的别的词。”他听到就笑了，我觉得他也挺喜欢我这么说，肯定是觉得挺受用。大人都喜欢教点儿什么。这样还把他不会钓鱼这事儿给抵消了。他教我新的词:“垂钓、鱼线、鱼钩、笛鲷鱼、海星。”他告诉我一些我不懂的词，跟海有关的:“右舷、船尾、鲈鱼、前甲板、后甲板、停泊。”我想记住的，并不是这些词，而是他说这些词的方式，怎样好听地说出来。我让他重复这些词，看他的口形，好明白他这么说为什么好听。我还喜欢克约先生的就是，他跟大部分人不一样，他从来不问关于我自己的问题。他从来没问过我：“你几岁了？”或是“你上几年级了？”可能他觉得我挺大了吧，还没成年，不过也快了，所以他才愿意跟我说话。我经常说我有十六岁或十八岁。我的个子真的挺高，比这里的大部分女人都高，乳房也开始长大了，例假也开始来了好久了。年初的时候就开始了。第一次来的时候是在学校，在班里，我羞得都不敢站起来。还有一次，我把床单都弄湿了，我还以为自己尿床了，其实是血。我只能半夜爬起来去外面用冷水洗床单，因为妈妈一直说，血迹得要用冷水才能洗干净。

“您呢，先生？”我叫他“先生”，就像部队里的人说：“是，长官。”或者“不是，长官。”就像轮到我问问题了，但我忘了他什么也没问，“您结婚了吗？您有孩子吗？”他摇摇头：“没有没有，没结婚，没有孩子。”“那太可怜了，等您老了谁来照顾您？”他耸耸肩，看起来完全不在乎。

这之后，我们就没话说了，谁也没开口，好一阵子。我想这样的个人问题可能讨他厌烦。克约先生没事就拉下脸来。他不是那种您每天都能碰上的，有一点儿鸡毛蒜皮的事情就能叨唠上半天的人。这个人挺神秘的。他的脸上有一层影子。我跟他说着话，一下子，一朵云似的东西就从他眼前浮过，飘过额头。

我和克约先生发明了一种怪怪的游戏。不记得是谁开始玩的了。他的脸上有这层影子的时候，我们就玩这个游戏。一开始，我们就碰碰海滩上那些微不足道的小玩意儿，一块木头、一片海藻什么的。后来我们决定轮流来，假装挪棋子下棋或者玩多米诺骨牌那样。就是那些沙子里或者石头缝中的小东西，一根草、鸟的羽毛、空贝壳一类的。我们把面前的沙子弄得平平的，然后把找来的这些东西放上去。“该你了。”克约先生说。我放上一根细绳子。“该我了。”他说，然后放上一小片晒干的卷曲的海藻。“该你了。”一片磨毛的玻璃。“该我了。”他放上一块扁扁的小石头。“该你了。”我也放了一块石头，更小，但上面有红色的纹路。他不知道怎么办了，在周围找了找，但也没有什么更好的。“是你赢了。”克约先生说。这游戏看起来挺蠢的，但我们玩起来还真的挺有意思。这块有红色纹路的石头真的该赢。尤其是，我们玩这个游戏的时候，克约先生就会忘记他想着的事儿。他的眼睛又开始笑了，阴影消失，目光变亮，反射着海面上跳跃的阳光。

这是我们的游戏，我就把它叫作“该你该我”。玩这个的时候，我们就完全不想别的什么了。时间也不存在了。而且总也玩不完。我玩着玩着会笑，但克约先生总是挺严肃的样子。就算他挪过来一个奇怪的东西、好笑的东西，他一脸严肃。眼神却说着相反的东西。我喜欢做这个游戏时他眼睛的颜色。

我说过他的眼睛的颜色吗？是绿色的。但是这绿色会变，生菜叶子的绿色，或是水的绿色。有时是雨点落下时，涌动的波浪凹陷处混合着气泡的颜色。他阴沉的脸上，眼睛闪烁着光亮。要是我盯着他的眼睛看太久，就会觉得头晕。这时我就不看了，弯腰在沙子上找东西继续我们的游戏。我的心跳变快了，再接着看他的眼睛，我想我会摔跤，或是晕倒。不过当然啦，这事儿我也不会告诉他。另外，他从来不盯着人看，其实应该说这是我看到的，因为我从没见过他和别人在一起。而且，他走的时候，会带上太阳镜，就算天都快黑了。

我们几乎每天都见面。克约先生占据了我的生活中很大的部分。我把这个写在了日记里，因为我不能告诉别人。放学后，还有星期天从教堂出来时，我跑着穿过红薯田去到海边。远远的，我就能认出他的身影，还有他那身被风吹起来的西装。最开始的时候，他还打上领带去钓鱼。但这么大的风，领带乱飞，他最后还是把它摘下来了。但我喜欢他这样帅气的样子，不像那些游客，非得穿着大花的短裤和黄色的帽衫。下雨的时候，他打一把雨伞。但不是那种傻气的小折叠伞，而是像英国商人那样的黑伞。风最后还是把伞吹翻过来了，他于是也不用了。雨水沿着他的帽子流下来，弄湿他的西装外套。天气真的不好时，他就到他的帐篷里躲雨。帐篷在离海滩远一点儿的沙堆上，是绿色尼龙的，用金属的小棍子扎在地里。我们一起躲雨，帐篷有个屋檐似的东西，我们坐在帐篷里，但克约先生的脚却伸到外面。我太喜欢这样了！就好像我们在一个很遥远的地方，一个陌生的国家，在美国，在俄国，我们去了那里再也不回来。我看着波浪在浑浊的海面上奔跑。地平线上的雾变厚了。我们好像在一条船上，正在前往世界的另一头。

我们一直说话，说话，说话。其实主要是我在说。克约先生能回答任何问题，他什么都知道。因为他是作家。但他并不炫耀，每个问题，他都有一个答案而已。他见过各种各样的人，去过各种各样的国家，做过各种各样的工作。我想这就是他伤心的原因。什么都知道，该是挺让人悲伤的吧。一开始，他不怎么回答，只是听着我胡扯。他看起来是在想着别的什么事情。我问一些关于他的旅行、记者的工作的事，他像没听见一样。我于是就拿拳头捶他："嘿，先生！先生！您是觉得我太小了，所以说的话都没意思吗？"我就是这样，不怕大人，老师也不怕。我会捶他们，掐他们，但是轻轻地，只是让他们回过神来而已。"您睡啦？您能睁着眼睛睡觉？小心啊，风会把您吹倒，吹到海里去！"他于是露出笑容，开始专心听我讲话。有时我说的笑话也能把他逗乐。我学他的口音、他说话的方式，还有不知道说什么的时候总是用"嗯……啊……"开头。但他认得很多的鸟：海燕、暴雪鹱、剪嘴鸥、燕鸥，还有虫子也是，那些蝴蝶、金龟子，再加上那些退潮时成群结队地在礁石中间爬来爬去的海蟑螂。他可能是老师，只不过不再去学校教书了。可能他是出了丑事被开除了，他有恋童癖，在他那儿的学校里摸女孩子，所以才躲到这个岛上来。这想法挺好玩，我还试探着说起这个话题，但他没明白。也有可能他都没听。不要，我不要把他想象成趁着体操课摸女生屁股的老变态。再说了，他的身材也不像老师。他不太高，有点驼背，但肩膀很宽，不戴帽子的时候，能看见他一头带着点儿花白的卷发，挺优雅的。他也可能是警察，到岛上来调查案件。假装去钓鱼，实际上是为了观察来来回回的人。但他这警察也挺搞笑的，穿着这身白衬衫加西服。

我净问他一些对我这个年龄来讲稀奇古怪的问题，我说："您想在哪儿死去？"他看着我不说话，可能压根就没想过这问题。

"跟您说吧，我，要死在海里。但不是淹死。我要消失掉，再也不回来。希望浪能把我带到很远的地方。"

他的脸变了颜色，我还以为他要笑，仔细一看，才发现他是要生气了："你怎么能这样说话？谁跟你说过什么在海里消失掉的事儿？"这是他第一次为了我说的话表现出生气的样子。他又用一种更平静的语调说："你不知道你在说什么！净胡说八道！"这叫我有些害臊，我觉得我应该抱着他，把头放在他的肩膀上请他原谅，不过我不但没有这么做，我还翻脸了："首先，为什么是胡说八道？我又不蠢，虽然我还小，可我也想着死的事。"这是真的，有好几次我都去到水边，想着跳到浪花中间，让大海把我带走。没有什么特别的原因，我只是厌烦了学校，厌烦了妈妈的男朋友，他一天到晚都跟妈妈说些假惺惺的甜言蜜语。

"别再提这事儿了，俊娜。"这是他第一次叫我的名字，我感动得都快化掉了，因为这表示他心里有我，我不只是一个傻丫头，闲来无事看着他鱼线上的浮标在港口的水里起伏。走时，我轻轻地亲了一下他的脸，飞快地，让我感觉到了他粗糙的皮肤和有点儿酸酸的味道（老了的人多少都会有这种酸味儿）。就好像他是我爸或者祖父什么的。我头也不回地跑了。

我也不明白这事儿是怎么就找上我的。其实有点儿像我身上发生的绝大部分事情，不留神地说说话，听人家说，心猿意马，然后发现身边有个人，本来是没有人的。什么地方的长椅上、餐厅里，或是沙滩上。还有我去钓鱼的长堤上。我一点儿也不会钓，但这样我就能一连几个小时待着看海，没人会问什么，就为了这个。她来找我说话。她插进我的生活里。一个丫头！她假装说她十六岁了，但我一眼就看出来她在撒谎，她还在上学，而这个地方，十六岁的人已经开始工作、结婚了，而不会跟个半老头子在马路上或者长堤上晃荡。我还真是能碰上这种事，以我的过往，现在再让人看见我跟一个小丫头在一起！我敢肯定岛上唯一的那个警察在盯着我，每个街角，他都缓缓地开着那双色的警车，朝我扔过来凶狠的一瞥。他在找机会逮我。他看出来我在这里不是为了观光，我是一个独行的人，可疑的人。好几次我们钓鱼回来的时候，他都开着车从我们面前经过。他什么都不说，假装没看见我们，但这更可恶。

她叫俊娜。必须说我挺喜欢这名字，我也肯定玛丽会很高兴认识她。她的黑发卷曲紧密，反射着小兽皮毛般的光泽。大部分时候，她把头发用皮筋绑起来，挽成髻。但到了海边，她就会把头发放开，这样就成了一个在阳光中闪闪发亮的假发套，时不时被风吹起来。玛丽的头发也很多，很黑很滑，她把头发挽起来时就有点像日本艺伎。

我得重新整理自己的思绪。我到这个岛上来，不是为了来钓鱼，来跟一个都还没到青春期的小丫头聊天的。我不是一个愚蠢的游客，按照路线，每到一处便拍照留念，在单子上打钩：初吻椅：已游；天涯灯塔：已游；寂寞小径：已游；许愿花园：已游；海难沙滩：已游、已游、已游。等到脑子和钱包都被掏空就该走了。对于我来说，这座岛是没有希望的死路一条，一个无法超越的地方，这之后，什么都没有。大海，是遗忘。

玛丽，她的生命，她的躯体，她的爱，统统消失，没有痕迹，没有缘由。还有顺化的那个女孩，被撂倒在地，士兵们经过她的身体，她也没有呻吟。她的嘴唇在流血，她的眼睛像两团阴影。而我只是看着，就在门槛上，不动，也不说话。我张着谋杀者的眼睛。为了这些画面我重新回到这里，为了找到那个将它们永远封存的黑匣子。不是为了将它们抹去，而是为了再看到它们，让它们不断重现。为了让双脚再踏上从前的足印，我是一条寻着过去的踪迹的狗。这个地方应该存在着一个理由，能够解释发生的种种不幸，能够证明它们必然降临。我到达的时候，打了一个寒颤。真真切切的，我的皮肤上、背上、手臂、肩膀，寒毛耸立。有什么东西、什么人在等着我。这个东西，这个人，就藏在那些黑色的岩石之间，断崖下，岩缝中。藏着，就像这些可恶的虫子，这些成百上千在海岸边爬行的海蟑螂，退潮时，它们在堤岸和岩礁上形成会移动的毯子。玛丽还在的时候，根本就没有这些爬虫——要不是我们压根儿就没注意？要说的话，玛丽可是讨厌虫子的。这是她唯一讨厌的活物。一只夜蛾就能把她吓得半死，她看见蜈蚣就觉得恶心想吐。但我们那时很幸福，因此这些虫子都没有出现。只需生命中的某个变迁，以前看不见的东西突然就赤裸裸地挂在眼前，攫住心灵。我来到这儿不为了别的。为了追忆，为了那段罪犯的生活重新浮出水面。为了让我看清每一个细节。为了让我，轮到我，消失。

俊娜在等我。她想问我问题。有时我想对她很凶。想用恶狠狠的词、伤人的句子，对她说："我告诉你，小丫头。我坐过牢。因为我跟一些强奸了一个跟你差不多大的女孩儿的人是同谋。那帮人把她摁在地上，一个接一个地强暴了她。我就在旁边看着，无动于衷。打仗的时候，干什么都可以。我坐了牢，看，我的左边胳膊上还纹着服役人员的编号。所以我只穿长袖衬衫和西服。"我知道我会告诉她。我讨厌她那些甜腻的表情，还有孩子气的喋喋不休。我要告诉她，让她怕我，让她明白我能再犯跟以前同样的错误，把她推倒在岩石上，想把她怎样就把她怎样，会用手捂住她的嘴巴，让她喊不出声来，会用手指抓住她蓬乱的头发，让她站不起来，会从她的嘴巴里呼吸恐惧的味道！在海边找到她时，我的身上还带着夜晚的疯狂。整夜整夜，来自大海的这道盲目的磁波，夹杂着冷风薄雾，一遍又一遍在我耳边喃喃絮语，不透光的幕布遮蔽了天空，熄灭了星月。俊娜坐在岩石上，穿着长裙，头发散落在肩膀上。我走近的时候，她转过脸来，阳光照亮了她的面孔，在她的眼里闪耀。但我，带着夜的漆黑朝她走去，肩上还披挂着残破的恐怖梦境。我的脸是灰色的，我的头发是灰色的，好像刚从灰烬中起身下床。

“哎，您没睡好吗?”她总是带着这种我讨厌的愉快语气，“为什么老人都睡不着?”她自问自答，“因为他们喜欢白天睡觉，他们太喜欢睡午觉了，所以晚上睡不着。”她说得对。今天我就不跟她讲我犯过的罪了。

我梦见克约先生是我爸。我做这个梦不是因为他皮肤的颜色或者他的卷头发，而是因为我觉得他真的像我爸爸一样惦记着我。这阵子以来，卓越来越凶了。我从学校出来的时候，他在街角截住我，找我的麻烦。要是他就是说说脏话骂骂人，我就随他，我走自己的路。但现在他抓住我，假装用脖子上的钥匙绳勒死我，然后他抓住我的头发，逼着我把头低下，直到我跪在地上。眼泪涌上来，但我忍着。我不能让他觉得得逞了高兴。不知道什么时候，我把这事说给克约先生听。他听着，没有说话。于是我想他根本不在乎这些小破孩儿之间的事儿。一天下午三点来钟，我放学的时候，卓又在那儿，跟平时一样揪住了我的头发。这时候，克约先生来了。他走得很快，穿过马路来到卓面前。他这回抓住了卓的头发，逼着他跪在了我的面前。他摁住这男生好一会儿，卓还挣扎着想跑，但克约先生一点儿也没松劲儿。我说过他不太高，但他的胳膊和手都很有力气。我走开了一点儿看着这场面，很骄傲，因为有人替我出气了。克约先生脸上的表情很奇怪，我从没见过他这样，写满了愤怒和暴力，阴沉的脸上，他的眼睛闪着两道绿色的光，不是寒冷的光，但这时候却显得灼热而尖锐。我听见他的声音在说："你再也不许这样了，听见没？再也不许这样了！"他说的是英语，卓听不懂，但这样的声音像雷一样滚过，卓不由得发抖。但我一点儿也不怕，克约先生这么强壮，这么英俊，我觉得他简直是从另一个世界过来的，或是从天而降，来到这个岛上找到我，把我从不幸的魔爪中解救出来。好像我从小时候起一直等着这么一天，而他则听到了我的祈祷。他不是一个天使，也不是一个慈悲的神灵，而是一个武士，一个没有甲胄的战士，一个没有坐骑的骑士。我看着他，而他突然间松了手，卓跑掉了。但克约先生并没有抬头看那男孩儿跑掉。他站了一会儿，怒气还写在他阴沉的脸上，绿色的眼睛像两块镜子的碎片，我没法不看着他。然后他大步走开了，我明白了我不能跟着他。

这就是事情的经过，我没跟任何人讲过，尤其是没有跟妈妈讲。但我明白了，从今天开始，我有一个朋友了。甚至，我还梦到了他是我爸，他来岛上找到我，有一天要带着我去到很远的地方，去他的国家，美国。

没多久，再见到克约先生的时候，我说："您要不要哪天来我们家见见妈妈？"我还说，"妈妈英语讲得很好。"我又马上添上一句，好让他不觉得我是出于礼貌才邀请他，"当然，要看您想不想，不是非来不可。"他没说好也没说不好，不回答，于是我就有点尴尬向他提出这个问题。于是我又赶紧开始说别的事情，钓鱼啦、妈妈卖给饭店的贝壳啦，就好像我想要他跟妈妈买贝壳一样。

不过话说回来，自从有了那天放学后发生的事，卓就再也没有找过我的麻烦。我从他跟前走过时，他就低声骂些脏话，说我是丑婆娘，但他会留神。我见他那狡猾的小眼睛左看看右看看，想知道克约先生是不是在附近，在什么柱子后面，或者门背后躲着。或者是在路口药店女老板的店里。

这件事儿也是，我忘了说了，克约先生生活里的新东西。有一天刮着风，海浪汹涌，爬礁石的时候，我滑了一跤，一块尖石头刮到了膝盖。很疼，而且流了很多血。克约先生用他钓鱼时用的小刀裁下来一片他衬衫上的布，给我包上了。他看着血浸红了布条："最好还是去药店消消毒，好好包扎起来。"没什么可讨论的。我不能在石头上跳上跳下了，他就把我一直抱到了路上。虽然膝盖很疼，但我还是很高兴让他把我抱起来，他很有力气，我感觉到他的胳膊环绕着我，他的胸膛贴着我。然后我们走着去村里，我靠着他，还故意瘸着腿，好紧紧地贴着他的胳膊。我还从来没去过药店，女老板是新来这个岛上的。她挺漂亮，脸挺白净，眼睛周围有黑眼圈。她的店就一丁点儿大，从路边过去，掀开一块白布帘子就进到店里了。克约先生在店里等了好一会儿，女老板用酒精清理了我的伤口，抹上药膏，最后用棉绷带把我的膝盖缠上了。我当时已经不疼了，不过为了吸引注意力，我故意做出夸张的表情，发出哎哟哟的声音。

我当时就明白了克约先生让这个女人迷住了。这很愚蠢，不过我真的很生气。我不喜欢大人也跟孩子似的。尤其是，像克约先生这类人，怎么能上一个普通女人的当呢？就这么个药店女老板，尽管她还算漂亮。这样一来，他就跟她差不多了，我的意思是说就像一个普通人了。随随便便一个谁，说着自己都不信的话，嘻嘻哈哈，唠唠叨叨，不配当我的爸爸。克约先生是跟这个相反的，他很强壮，他说话能跟滚雷一样，他用绿色的眼睛盯着人看时能让人害怕。

不过后来再想想这事，我才领悟过来他应该早就认识这个女人了，而且是因为这个他才在放学时帮了我。卓扯我的头发的时候，克约先生就正好在药店里，他于是才能几步就赶到了。我还以为我的守护精灵是从天而降的，但事实上，他当时正跟那女人聊得起劲。这让我有些不快，但我还是有一种被保护的感觉，我有一个守护天使。一个好精灵。药店女老板也没什么要紧的，只不过是个有点儿饶舌的漂亮女人。一个普通女人。

到现在，克约先生和我成了真正的朋友，和他在一起的时候，我觉得很自在。不是说自在到能随随便便跟他说话，或是直接叫他的名字（我倒是很喜欢菲利普这个名字）。但我觉得我可以在自己愿意的时候想说什么说什么。比如，为了逗他，让他笑，我给他编些逸闻趣事。我给他唱我会的所有的歌，那些英文老歌：《忧郁男孩》、《叛逆玛丽》，还有《老国王科尔》，就是那个要他的碗、他的勺子和三个小提琴手的老国王的歌。还有我在广播上听到的歌，猫王，或是妮娜·西蒙，要不然就是《音乐之声》里面的歌，因为我每次一个人在家的时候都看这个电影的录像。我看得出来他喜欢我唱歌，他的脸色变得温和，他的眼睛也不再闪着像是碎玻璃一样的光，而是潮湿起来。有一天他说："你的声音很好听，等你长大了，可以当歌手。"这句赞美让我心跳加快，双颊发热。"是啊，我挺想当歌手的。"我说，"我唯一能唱歌的地方是教堂，牧师弹钢琴，我唱赞美歌。"他好像挺感兴趣的："那哪个星期天我能去听你唱歌。"我实在太兴奋了，马上叫起来：“哦，太好了，先生，你来吧，拜托了！”这样一来他又阴郁下来：“可能吧，我可能会来。再说吧。”我有点惭愧这么容易就欣喜若狂了，但我真的以为他下次，下个星期天就会来教堂。他要是真来了，那真的藏得很好，我找了半天也没有看见他。可能他不喜欢教堂，因为我也注意到我每次提到教堂、牧师的时候，他都会转移话题，或者跟我们逮到的鱼一样沉默不语。甚至有一回，我说到了上天堂，他却嘿嘿笑起来。“这些，都是唬孩子的，上天根本不存在。”我不喜欢他这时候的这种僵硬的笑容，一些难看的牙齿露了出来，特别是突出来的一颗犬牙，尖尖的，真的像狗牙齿。

我真想能读他的心，了解他为什么是这个样子，这样的阴郁沉静，目光忧伤。要是他真是我的父亲，我就能了解他的人生，我会问问题，安慰他，让他笑。让他想别的。分享他的故事。有时他让我想到死亡。我想到以后会发生的事情，他不在了，妈妈也不在了。我想我会孤单一人，我再也不会遇到跟他一样的人，再也不能想象我的父亲。

幸亏这些都不会持续太长时间。我编故事、游戏、谜语来逗他，或者是本地的什么传说。有一个星期天的下午，我们坐在高高的峭壁上，周围都是茶花丛，我给他讲了下面这个故事：

奶牛的故事

从前有一个岛
没有动物，没有鸟
只有男人和女人
人们都无所事事，而且没什么可吃
只有红薯和洋葱
特别愁人的是冬天，黑夜很长
天很冷，总是刮风下雨
或是有雾
有一天，一个人来到这岛上
跟您一样是个外国人
没人知道他叫什么
真是个奇怪的人
高大强壮，脑袋长
黄色的眼睛让人害怕
他穿着长长的大衣
顶着黑帽子
他不跟任何人说话

说起话来声音低沉响亮大家都怕
一天夜里外国人不见了
浓雾弥漫的夜
没人敢出门的夜，因为看不见路会掉到悬崖下面
岛上的人们听见了一声叫喊
是外国人的声音
声音在雾里回荡
路上还有脚步声
拖着脚走路的声音：嗒、嗒
早上，雾散开了
人们看见田野中间有一头牛
漂亮的黑色奶牛
外国人变成了奶牛
这是岛上的人第一次在这里见到奶牛
他们不再害怕了
他们向牛要了奶给孩子们喝
故事就是这样
现在，每当大雾降临就会有人消失
早上就会多一头奶牛
所以您要小心

因为您是外国人

克约先生点点头："你很有想象力。"

有那么一小会儿，他的眼睛有点儿变黄了，就像奶牛眼睛的颜色。

我头一次去了教堂。说是教堂，其实只是村子中间一栋小楼的底层。下几步台阶就到了双开门前，尽管门有厚度，但还是能听见里面传出的音乐声，钢琴和人声混杂在一起，闹哄哄的。推开门我就听到了俊娜的声音。她站在讲坛似的地方，周围是跟她同龄的孩子，只是她比别人都高出一头来。牧师在讲坛右边弹钢琴，是一首忧伤缓慢的曲子，但很有节奏，女孩子们和着节奏拍着手。

她在用英语唱着：除了耶稣，无人知晓。我知道歌词。她的嗓音很清亮，不像一般小孩子那样尖锐，而是响亮又有点低沉的，我打了个颤。虽然最后一排的人给我挤了个位置，我还是站着。我不能近前。有什么东西阻挡我完全地进到这个屋子里，就好像我没有这个权力。就好像突然之间人们请我出去，人们认出了我，这里没有我的一席之地。要不然是我自己的问题，迈不开步子。我靠在门框上，门于是关不上了，如此我能感觉到外面的冷空气，以抵御室内的气息。里面的空气温热而充满人类味道，如皮革和木头，或是干净衣服一般奇怪的味道，私密又甜腻的味道，这味道让我反感。

一时间歌声停了下来。俊娜仍站在台前，强烈的光线笼罩着她，勾勒出她裙子下身体的形状，淡淡的乳房的印子，略微突起的腹部。额头闪着光，因为她把头发梳到脑后挽成了一个沉重的、有着野兽毛色的发髻。她的脸上没有笑容，似乎不流露任何情绪，只有嘴唇咧开，脖子上有一条纹路，低垂的眼睛空洞地看着前方人群中不确定的某一点。牧师说教了一通，念了一本祈祷书上的章节。他很年轻，却像是个自负又狭隘的人，他周围的女孩子如同蚂蚱般围着他。这个混杂的人群毫无意义，只有俊娜孑立其中，眉眼低垂，身材高大，她的两脚略微分开，双臂沿身体两边垂下，毫无美感。

而突然之间，她看到了我。她的脸没有动，也没有微笑，但我看见她的眼睛张开了，我感觉到了我们对视的目光中的那条线，好像从这条线上我能听到她的心跳。她不再听牧师说的什么，也不管周围的女孩儿或者看着她的信徒们。通过这条线，她专注于我，别的都无关紧要了。而我，却感受到了一种陌生的、没有经历过的疑惑。我感到了某种眩晕、某种强大的力量。我是主人，不是那种居高临下的主人，而是能主宰她的每一个想法、每一个手势、每个念头。牧师“嗯……嗯……”地哼了好几次一首赞美歌开头的歌词，我不知道我做了什么，也许是微微地抬起了左手，向她招了招手，不是要打招呼，而是让她开始唱。于是她就开始了。是不是她从来没有唱得这样好过，声音清脆高亮，肩膀和胯部轻轻摇晃，我想起玛丽，身着红裙站在射灯底下的时候。牧师弹着琴，兴奋得过了头，那些可怜兮兮的女孩子们扭着身子看着俊娜，人群开始打节拍，赞歌结束时节拍的声音变成了掌声。虽然在祈祷时是不可以鼓掌的，但这也不是一次单纯的祈祷。我缓缓后退，直到厚门阻断了视线，阻断了音乐的流淌。

我挣扎着不想要变化。我感觉到了周围的危险。我觉出了，一个阴谋，一个秘密的计划，想要牵制我、限制我的自由。不让我行动，堵住我的出路。我不能忘记自己是谁，也不能忘记为什么来这里。我不希望有人用温和的话语和颂歌催我入眠，不想有人对我有好感。我不是个好人，是个吃人的怪物，就是这样。玛丽那时就是这么说的。她说我的存在就是为了吃掉别人，引诱他们，然后吃掉。

我来到这里是为了看到。看到大海半开，展露它的深坑、裂缝、黝黑的海藻床徐徐滑动。为了看到深沟中被吃去眼睛的溺水者，断崖下雪一般的遗骸。

偶然却在我的路中间安放了一个天使，一个天真有趣的孩子。很久以来第一次，我碰到了一个人类。

在监狱的那个康复中心，我见到过各种各样的男人和女人，大部分都很普通。不比谁更坏，不比谁更丑。而现在，我已经不寻求什么了……不想要，不再想要了。太晚了。我是谁就还是谁，菲利普·克约，一个失败的记者，失意的作家，因为没有犯下的罪被审判，不能逃脱罪恶本能为他设下的陷阱，没有希望变好。

审判时的那个检察官，说到了我：冷血的怪物。“他没有参与罪行，女士们先生们。没有，真的没有参与，你们可以相信，受害者也证明了这一点。他什么也没有做，只是观看。当受害者、这个无辜的可怜女人，望向他，安静地要求他，请求他拯救自己的时候，他没有动弹。他仅仅观看，如此而已。他没有感受到一丝的怜悯、一丁点儿的耻辱。他就看着。看，是不在场吗？他做了别的什么吗？他有没有兴奋，有没有说什么给强奸者们鼓气？他拒绝谈到这个，女士们先生们，他用沉默筑起一道墙，于是可以不回应质问，不用承担责任，不用面对现实。虽然他不做回答，但测谎仪的指针替他给出了答案，控诉了他。请看，我们向他提出了关于这个他不光是证人，也是间接参与者的强奸案的责任的问题，测谎仪记录了肾上腺素的分泌，心跳加快，还有汗水的分泌，这些都揭露了他。坦白，陪审团的女士们先生们，这是坦白。”

门关上了。六年的时间，我听着门的声音，门闩的声音，锁舌的响动。六年沉默不语。囚室、走廊。精神病院的房间、行为危险病人部。这几年之后，我出来的时候，已经不认识了这世界。和玛丽一起，我们找寻藏身之地。我为了逃避过去，玛丽则为了忘却失去的爱情。一切都还有可能。我们还年轻，我们还说过要一个孩子。然而一天，因为她喝醉了，她进到海里再也没有回来。

我去了大陆上，去银行取钱还是寄一封信什么的，不记得了。早上八点，我坐船走了。这天下午，玛丽进到了海里。她曾是很棒的游泳运动员。海上没有风暴，只有一点儿浪，因为有风吹着，也很可能是夏天结束时的大潮。她把衣服放在石头上，穿上了橡胶的连体泳衣，扎好长发，戴上深色的眼镜，然后朝着太阳游去。

我为什么回来？这一切都发生在很久以前，是另一世的事情。我像所有人一样工作过。记者生涯是完结了。为了生存，我在马尼拉的一个机构里教过外语。我做过外汇兑换员，出口过脱水食品，卖过猫砂，我甚至在菲律宾南部一个满是日本和加拿大游客的海滩上开过一间酒吧。我见识了不少女人，大部分都是职业的，在泰国，我染上过淋病、阴虱，有一阵儿我还以为自己染上了艾滋病，但血检结果呈阴性。也许我早就该死二十遍了，但我还活着。不知道有多长时间了，我早就没有了一个像家的事物。最后一次有我兄弟的消息，是他在新西兰，跟一个英国女人结了婚。我坐牢的时候，没人来看过我。没有人找过我。很可能没有任何人会想我。

也许我是到这个岛上来找死的。我没有真的寻思过，因为说实话我不在乎是死在这里或是别处。反正人不能经历自己的死亡，这话不是我说的。但俊娜在我们去海堤上钓鱼时问了我这个问题，这问题还钻进了我脑袋。从这个海岸出发，绕了一大圈又回到原点。本不是计划中的——很久以来我就已经不做什么未来计划了。有什么东西自己强势地来了。没有别的办法。我为什么回到这破岛上，我找不出别的原因。

而她，玛丽，我曾经认识了她的身体，从中获得了欢愉，但她什么都没有留下，没有一张画面，没有半点确凿的记忆。海吞噬了一切，将她的身体和灵魂从这世界的表面抹去。她不存在了，因此她从未存在过。我在记忆中苦苦寻找，走遍岛上的小路，坐在礁石间，但我什么都没有认出来。所以，我也是该死了。俊娜说得有道理，我得找着我该死的地点，但我一点儿都不想被淹死。我知道那是什么样子，军事行动中我们倒是淹死过好些个人，这个，我也见证过。为了让他们招供。我是记录员，我看着他们，在本子上记下一些碎片。那些被我们绑住手脚，扔到水池里的身体，因恐惧扭曲变形的脸，粗重的喘气声。惨叫。我看着，写下来。他们总会说的。那些人说他们是在唱。不行，我不要被淹死。淹死还不如爬上悬崖高处再跳下来。撞击的那一瞬，大海会和生铁板一样漆黑坚硬。我的躯体支离破碎，让洋流带走，在大海深处被碾为粉尘。于是，好几次我去看了太阳出来时照到的那片悬崖。我挺中意看着初升的太阳死去的想法。这样似乎比较有逻辑，有分寸。或者像在正午死去。当太阳在穹顶停留那么几千分之一秒，不动，然后懒懒地坠向地平线，消失在俗气的黄昏的光线中。

虽然不乐意，但我每天都会赴约。这不很讽刺吗？跟一个小女孩的约会。想说成是约会也可以，因为我们什么也不说，尤其不会说再见，也从来不讲明天见什么的，也不计划什么。带着一份对她这个年龄来讲有些奇异的肯定语气，她做了主："犯不着说什么再见，我们反正就在这岛上，还能躲到哪儿去？"

下午，我带着渔具去大堤，在塔糖形状的水泥护堤石上坐下，那上面都是船蛆。我准备鱼饵。这个我弄明白了，现在我已经能熟练地把虾从头到尾穿到鱼钩上。涨潮时抛线，然后我就等着。我学会了点东西，现在能钓着鱼了，虾虎鱼、红鱼，有时还有离群的青花鱼。堤上只有我一人，这里鱼不多，因为有渡船来来往往。有时也有走丢了的男女游客。男人给女人照相，有时他们也会让我给他们合影。

俊娜在旁边。她悄无声息地来，像猫一样。她在近处的护堤石上坐下，我们很久也不说话。她也决定了我们从来不问好，这样，时间就能不中断。她重拾头天没有说完的话题，或者开始讲一个新的故事，对她来说时间不存在，昨天她走的时候到现在只有一小时，她只活在当下。

“我做了个梦，梦见海底有个奇怪的东西，一个睡着了的胖女孩儿，特别胖……她在海底睡着，我从水底游过去，然后我就看见她的眼睛是睁着的，她的眼睛很大，蓝色的，死鱼一样，她就看着我，我想逃，往后游，但海把我朝她推过去，她张开手臂，身体开始动，她的皮肤开始像果冻一样抖起来，可怕极了……”

她的一天又一天就由这些梦连接起来。她只为了这些梦生活着。“先生，给我讲讲您的梦？”可是我不做梦。我不能跟她讲这个我爱过的、去了海里就再没回来的女人。当我下了决心给她讲了这个故事的时候，她叫起来：“我看到的就是她，先生，这个睡在海底的女孩儿！”我用讽刺的语气说：“可是我跟你说到的女人并不胖，而且她的眼睛也不是蓝色的。”她咬住不放：“就是她，我肯定，首先她会变，人老了都会变！”我不知道为什么，这个故事让她有些迷惑。俊娜不满足于表面。她的眉心有一道褶皱，让她的脸色暗下来，突然之间她就不太像孩子了。“怎么啦，小家伙，怎么这会儿不高兴了？”她转过头不让我看到眼泪，但她的肩膀却因抽泣而颤动。“你怎么哭了？”我伸过胳膊，让她紧紧靠着我，我感觉到她的身体，碰到她圆圆的肩膀。她抬手用掌心遮住了脸，说：“因为您快死了，您走了，就剩我在这儿，和我讨厌的这些人在一起。”我试着说：“你还有妈妈呢，你不讨厌她啊。”她不听，泪水接着流下她的脸颊，把头发粘到她嘴上。她把拳头摁到眼皮上，不让泪水流出来。“您的眼神很伤心，先生，”她一个字一个字地说，“您的眼神告诉我说您快死了，或者要去很远的地方。”

这一刻，我觉得我换了一个人，似乎这些我没有生活过的年头都被原谅了，被风吹走了。就靠一个十三岁小女孩儿的眼泪。我将她抱得更紧一些，忘了我是谁，她是谁，她是个孩子，我是个老人。我紧紧地抱着她，直到要压断她的骨头。“哎哟！哎哟！”她没有喊，只是低声说，我亲吻了她的额头，乱蓬蓬的头发边，我亲吻了她嘴唇边，为了感觉到她的湿发，尝到她的眼泪，这是送还我青春的灵药。

就这样，突然之间，我也没提，我们就聊到了上帝的事。克约先生当然不信。他都不愿意说起这两个字。他说：“为什么要有点儿什么？为什么这些个土地、动物、人？为什么这都还不够？”

我不知道怎么回答。我不了解生命。“但在身体里面，您感觉不到别的什么东西？我能感觉到，是身体里热热的一个小球，这里，肚脐上头一点，您感觉不到吗？”还没等他嘲笑，我就拿起他的手放在我的肚子上，确切的这个地方。“闭上眼睛，先生。闭上眼睛您就能感觉到那个热热的球。”他照做了，闭上眼睛，不动，于是我就觉出了那股热量从我的肚子里透到他的手掌中，然后就传过去了。我还完全确信他会发现上帝。我特别欣慰他丢掉了那股忧伤和绝望的劲儿，也更加自豪这是由于我的缘故，就像是我给他的礼物。现在他就不会忘记了。就算以后我们成为陌生人，他也会一直记得这一刻，这条路向他打开，一直通到了他的心里。

他很激动，我猜。他抽回了手，但并没有合上，而是把它放在了膝盖上，好像那上面还带着我肚子里的热量。

“俊娜，我只相信我看到的东西，我就这样。”他的脸还是阴沉的，也看不见他的眼睛，“也许我太老了，改不了了。”我重新拿过他的手，只是把它紧紧地握在我的手掌中。“不过您感觉到了，不是吗？您感觉到了那股热量传到了您身上？”他不回答。他说不上来。

“我感觉到了你身上的东西，但我只相信你身上的，俊娜。我说过，我老了，心也硬了，别硬要我说我说不出来的话。”他接着一字一句地说下去，声音低沉，“不过……你是一个好女孩儿……你很真实……我相信你说的……我想你真的了解一些东西……你是被选中的，对，就是被这些事情选中的。”他离我那么近，比任何人都近，连妈妈或者大卫神父都没有那么近过。仿佛他是站在一个门槛上，只需跨一步就好了。但就在这一刻，我也知道他不会跨这一步，进到门这边来。他说了：“我嘛，是属于世界上坏的这边的，俊娜，我永远不会过到你那一边去。”

可能是为了让他听懂，也可能是为了更好地记起来，我不看他，轻轻地说道：“除了您之外，我没有跟任何人说起过这事儿，先生。但您不可以去跟别人讲，也不能取笑我，您能保证吗？”他点点头。他可能以为我会讲些小孩子编出来哄老人的故事。

“那是在我们的教堂里，唱完歌之后，我一个人留了下来，别人都走了，连妈妈都走了。我和别的孩子唱过了歌，坐在自己的椅子上，有点冷，挺孤单，挺伤心。然后有那么一瞬间，就是这儿，我的肚子里，有一股热量慢慢变大，传到了我的整个身体里，我感觉到了这个热热的球，我觉得自己飘浮了起来，我闭上眼睛，热量温暖着我的身体，我不害怕了，也不孤单了，有个声音在我的身体里、脑海里跟我说话，我一点儿也听不懂说的是什么，不是我们平常的话，而且这个声音只跟我，只跟我一个人说话。”

我闭上双眼，似乎还能听到这个声音，就在这里，大海边上。这个声音，不高不低，像苍蝇或蜜蜂的嗡嗡声。我希望克约先生也能听到这个声音，他要是听到了就不会跟以前一样了。他听得见吗？我在说话吗？我把他的手，宽大有力的手放在我的肚皮上，那个声音应该能传到他长长的手指上、张开的手掌中，他的手肯定能听到那缓慢而沉重的，没有止境的颤颤的低语。他是唯一一个知道我的秘密的人，我没跟别人说过没跟妈妈说过，也没有跟神父说过。但克约先生，他就在边界上，只需跨一步就能改变一切。有那么一瞬间，我觉得他似乎听到了，然后他把手拿了回去，挪开了一点儿。他怕有人看见他的手放在一个十三岁女孩儿的肚子上会乱想。他离远了一些，脸笼罩在阴影中，眼睛也没有神采。他说："我不能，俊娜。我不是一个好人。我不是你想象中的那样，我和别人没什么两样。"他往后坐坐，背靠着岩石。黄昏的光线像雾一样朝他的脸遮了下来。夜晚，人就不再是他们自己了。这个，很久以前，那家伙来住到我们家，他和妈妈互相说着甜言蜜语的时候我就明白了。"你会有自己的生活，你会离开这个岛，去到世界里。你会忘了我，什么都忘掉，你会成为另外一个人，俊娜。"这些话让我特别伤心，它们穿透我的身体，扎到我的心里面。他为什么不听我的呢？"您为什么不相信我？我……"可是眼泪流下来，我说不出话了。他猛地靠过来要抱着我，可是我不愿意了。再也不要了，我不需要他的安抚。我不是一个弄坏了玩具的小女孩，也不是一个被人甩了的失恋的女人。这个，他去找药店女老板好了。我是为了别的事情，而他一点儿也没明白。我往家的方向跑了，我往坡上跑，往岛的高处爬，我想要喊出来：“我恨你！”我还想死。周围房屋里的狗在叫，已经是晚上了，灯光亮着，几辆车缓缓地开过。

我们在一起过了一夜。别以为我们是情人还是什么的。妈妈和她男朋友忙着的时候，我从窗户钻了出来，跑过田地，来到沙滩上克约先生搭起他的军用帐篷的地方。不刮风，海浪也不大的时候，他就在那儿睡觉，好听见浪的声音。他并不知道我要来，但我出现在他帐篷门口的时候，他也没有显出惊讶的样子。不晓得他是不是喝了点儿什么，但他看起来挺高兴的，还微笑着：“进来，”他说，“你不是要在外面呆着吧？”帐篷里面很小，顶也很低。周围有用做蚊帐的布料缝成的口袋。我们坐在地上的时候，风缓缓地流过，我们还能听见大海所有的声音。帐篷顶随着风鼓起来。这天夜里，月亮很亮，星星也很多，柔和的光辉照亮了帐篷里面。真好，我不想说话。我们一直坐在地上，听着，看着，打开的帐篷门时不时在风中拍打。我听见我的心脏在胸腔里跳动，缓缓地，很慢。我也听见他的呼吸，深处传来的摩擦声，随着海浪的来回而起伏。真好，我不想动。我希望一直是这样，一直到明天早上。就这样去听，去感觉夜、大海、沙子和海藻的气息、我自己的心跳和克约先生的呼吸声，一直到最后，到清晨。我不想睡觉。有一会儿，他出去了，往沙堆那边走去。我猜他可能是去公共厕所尿尿去了。他回来了，脸湿湿的，是海水。我也去了海边，脱了鞋走到海里，他在旁边。我有些犹豫，于是他把我抱起来往海里走去。我感觉到裤管里的海水在T恤衫下热了起来。海水刚好到他的腰那里。月亮下的沙滩白糊糊的一片，而我们周围的水里却有好多透明的鱼转来转去。

回到帐篷的时候，我冷得发抖。克约先生帮我脱掉了衣服，然后给我搓背，好让我暖和起来。我记得他的大手擦过我的背、我的肩膀。过了一会儿，睡意上来了，于是我把自己裹在一条浴巾里，贴着他躺下，胳膊绕着他。我没有睡着，但一直没有动，睁着眼睛，也不等什么。时间一点一点过去，月亮藏到了云里，海水涨到了帐篷跟前，这么近，我都能闻到水的味道。我从来没有过这样的感觉。我回到了另一个时间里，那时候，妈妈和我爸还很相爱。我溜到了那个时间里，钻到了那个人的怀中。那么一刻，不知道为什么，我朝他转过脸去。克约先生俯视着我，他的脸阴暗模糊。但他的双眼却闪闪地亮着，看着我，直直地盯着我。我颤抖了，忘了是因为害怕还是生气，但他用双臂拦住了我，我于是把脸藏起来，不再看他。然后，早上的时候，我快快地穿好衣服，一刻不停地跑着穿过了雾中的田地。

克约先生老了。他需要我。我决定了，从今天起，他就是我生命中的那个人。我知道你们会说什么。我和他之间的年龄差距太大了，这主意因此显得荒唐，疯狂，而且不可能。不过是啊，是有差距，四十五岁，准确地说的话。但当我说他会是我生命中的那个人，我又不是说永远都会这样。有什么东西永远存在？就连那些树都不会永远存在。就连那些星星。我们的科学课老师就是这么说的：“天空中你们看到的星星离我们如此遥远，其中的有一些已经死亡了，但它们放出的光芒仍不断到达地球，持续数百万年之久。”我知道克约先生会死去。有一天，看着大海和浪花，他跟我说了这个秘密：“俊娜，你不应该喜欢我，因为我是一个死了又活过来的人。”我的样子不像是听懂了，他接着说，“我很久之前就死了，我做过一件很可怕的事情，这件事并没有过去。我看到的一切事物都在跟我说死亡的事情。你明白吗?”我说:“我不明白您为什么这么说,生命是一件礼物。”他说:“看这大海。她看起来是活的,她不停地动,海里有很多鱼和贝壳。你的妈妈就是海女,为了不至于饿死,她每天都去海里搜寻贝壳。但海也是一个大洞,那里面,一切都会消失,都会被忘记。所以我每天都会来海边,为了来看海,为了不忘记,为了知道我也得死去,消失。”我记下了他的这些话。这是我上过的最真实的课。学校里没有人这样讲,教堂里也没有。大人们不停地说着谎。他们假装知道自己在说什么,可他们是在撒谎,他们什么都不知道。克约先生说了真话。他不把生活说得更美好,他不是甜腻的人。他像咖啡一样又苦又浓。现在我的嘴里就有这种咖啡的苦味,而且老想喝。是克约先生给我喝的,就是我在帐篷里贴着他睡觉的那天晚上。现在,每天放学的时候,我不跟别的孩子去杂货店买棒棒糖或是冰棍了。我去一个年轻人开的卖披萨和咖啡的店里,人们说他是同性恋,我可管不了这么多。他对我很好,会给我倒一杯黑咖啡,什么也不多问。我把这事告诉克约先生的时候,他微笑着说:“这可不是给孩子喝的!”我揍了他一拳:“可我已经不是一个小孩儿了!”我没有告诉他我的决定,就是说他是我生命中的那个人。我不能冒冒失失的，他太爱生气了。或者他在内心深处是挺腼腆的，要不然他怕别人会说什么。不会，我想不是的。克约先生不在乎那些闲言碎语，那些嚼舌头的、不要脸的话。他很勇敢，况且他当过兵。这不是他告诉我的，但我心里是这么猜的。是因为他站立的方式，走路的样子。直愣愣的，还有他的目光也是，就那么突然地盯着你，也不眨眼，就好像他要看穿你在想什么，或者在掂量你说的话的意思。于是人们就会怕他，会小心处事。我爸也曾是士兵，妈妈不愿说但我敢肯定。他是个士兵，他遇到了妈妈，两个人相爱了。他没有抛弃我，没有，他干不出来这个。他出了什么事死掉了，于是寂静封存了他的故事。

克约先生交往的唯一一个人，就是那个药店的女老板，我说过，她这种女人，喜欢吃掉男人，把他们变成奴隶，但她不能把克约先生怎么样，因为我已经决定了他是我的。

女老板肯定有些长处（特别在他需要买药的时候），但她不可能像我那样好地照顾克约先生。另外，有天下午，天下着雨，我们在帐篷里躲雨，沙滩上一个游客都没有。他的神色看起来是那么阴沉和忧伤，我问也没问，就开始给他做按摩。我很会按摩，挺小的时候，我就开始学着给妈妈做。晚上，她捞贝壳回来的时候，全身都疼，她躺下对我说："来，用你最大的力气，这里，这里，还有这里。"克约先生有点儿惊奇，不过还是让我做了。他脱了外套，我于是隔着衬衣给他推背。我跪在他身边，手指沿着他的肌肉摁过去，还有脊柱两边、脖子，一直到发根。我们在帐篷底下，天黑了。有那么一会儿，我想他是睡着了，因为他侧身躺在了沙子里，他的呼吸似乎也平静下来。我想，在按摩他的脖子和脑袋的时候，我用手指头抓住了他那些阴暗的、有关死亡的主意，现在这些主意都被风吹跑了，消失在了海里。夜完完全全地降临了，还带来了一层薄雾，分割了天空，海平线上太阳留下的巨大的亮点。透过帐篷的门，我看着大海和天空，想着我可以永远和克约先生待在一起，一开始我是他的女儿，等我长大了，我就能成为他的妻子。我很喜欢这个主意，但我不能马上向他宣布。我想象着叫醒他，说："喏，先生，我决定了，以后我要和你结婚。"我想着就笑了，一切都变得清晰起来，我可花了好长时间才明白这个。于是我接着给他按摩，但动作轻一些了，免得弄醒他。

但事情并不是这么发生的。看到天黑了，他坐了起来，穿上外套，戴上帽子，然后拉着我的手，好快快地穿过田地回到村里。他把我放在家门口，然后就走了，我特别生气，因为我敢肯定他不是要回宾馆，而是要去找那个药店的婊子。再加上，我进屋的时候，布朗，也就是妈妈的男朋友，冲我说："你逛到哪儿去了？"好像他有权力问我什么似的。他装得一本正经是因为妈妈来了。她从房间里出来，看起来挺生气，她大声喊，我也喊起来说我想干嘛就干嘛，然后她就扇了我一耳光，这是她第一次扇我耳光。我觉得太羞耻了，她竟然当着那杂种的面打我，我进到自己的房间，把自己裹在被子里躺下了。我的脸热辣辣地疼，但我定下心来一定不哭。我讨厌妈妈，我恨她的男朋友，装得一本正经，妈妈不在的时候就毫不顾忌地看我的胸部。

然后我钻出了窗户，在夜里走着。经过卧室的时候，我听见妈妈在说话，还有那个杂种的声音，还有抽泣声，演戏一样。他肯定在试着安慰她，抚摸她的头发，然后我知道这事儿会怎么收场，或者说我更不想知道，叹气声，那些"啊啊啊"还有"呼"——这是他发出的声音，就好像他在捏着鼻子擤鼻涕。自从他在我们家住下，我就习惯了夜里出去，还不让妈妈发现。我走红薯田之间的小路，从来不去大路上，因为可能会有喝醉酒了的人，或是那个警察在巡逻。我一直走到海边。这天夜里没有月亮，天空在云后时隐时现。我在离海女们换衣服的地方不远处看了星星。我还找到了一块黑色的沙滩，挖了个坑避风。我看天空，听风声。跟妈妈闹了这一场后，我的心跳得太厉害。我等着让天空像平时一样抚平我的心情。但这回花了很长时间。

我想到了克约先生说的那个女人，他到这里来找的那个。似乎就是她，在梦境深处召唤我。她喊我去海底找她。我想到了这个白胖的女孩睁着的眼睛，她的目光。我打了个寒颤，感觉出了一股凉气，死亡掠过。从来没有过这样的感觉。我动不了了，像被钉在了沙滩上，好比格利弗被无数的线、海带，还有头发搓成的绳子绑住。我听着自己的心跳，寒意从脚底上升，直到发根。“先生，先生，您为什么不在？……您为什么不回答？拜托了……”我喃喃地说着，希望他能听见，然后穿着他那身永远的黑色西服出现在岩石之间。

天空藏了起来，下了一点儿雨。我感觉到冰凉的雨珠从头发上滴下来，弄湿了后颈。海面上，捞章鱼的船上灯光徒劳地亮着，穿不透升起的浓雾，我能听见船上渔人的声音，还有沙哑的广播里的音乐。从沙子里、雨滴里、海里，有什么东西浸到我的身体中，一些阴暗而忧伤的东西攫住我的心，占领了我思绪的每个角落，我不知道这是什么，这是别的什么人的东西，或是别的女人、一个影子、一阵风、一片雾。“拜托……拜托……”我呻吟着，在沙子上辗转反侧想要躲开这个影子。我记得，有一刻，我叫了起来。黑夜中，动物的叫声，牛的叫声！“呃——哦——，哎——哦——”就像在我的故事里，人变成了牛，夜夜在荒野里游荡。狗们用喊破了的嗓子叫着回答我，它们也害怕了。我发出了喊声，然后失去了知觉。清晨，是老康多发现了我。据说我冰凉惨白，她还以为我在沙滩上被淹死了。她给我灌了她的红薯烧酒，然后不停地搓我的手掌和脸，直到我睁开眼睛。她跟我说话，但我听不懂她的方言，再加上她还少了门牙。别的海女也一个个地来了，推着手推车，带着潜水的行头。我想她们是在说要把我放在手推车里，好送回村去，但我回过神来了，说我很好，然后歪歪倒倒地走了。半路上，已经有人告诉了妈妈关于我的消息，她抱过了我，但我已经比她高了，于是我们亲热地互相搂着对方，回到了家。那杂种是出门去了，这也是他最好的选择。我睡了一上午，下午，克约先生来了。这是他第一次来我们家，穿着他那身黑色套装，妈妈低声下气地接待了他，就好像他是个老师，或者是来视察的。他甚至还留下了一张名片，妈妈放到了桌上，后来我看了看，很奇怪，上面写的，好像是别人的名字：

菲利普·克约

作家 / 记者

这个名片，我想回头可以拿这个嘲笑他，或者玩儿“该你该我”的游戏。

妈妈仪式般泡了茶，摆上点心，克约先生就用嘴唇沾了一下茶，没有动饼干。他还跟平时一样，沉静而有礼貌。他问了妈妈跟捞鲍鱼有关的问题，他是真感兴趣还是装的呢？我很喜欢大人们尴尬的时候，他们不知道说什么好。因为我知道妈妈要问什么。他的想法是什么，他想把我怎么办？他会照顾我的将来吗？等等。都是这些母亲们会为女儿问的问题，但他并不想回答，反正他也不知道该说什么，因为他还不知道我们得一辈子待在一起，而且显然的，他不是我父亲，当我的丈夫又太老。

不过，妈妈还是在某个时间问了他还要在岛上待多久，他不带感情地说：“不久。我感觉我不会在这里待太长时间。”他对此轻描淡写，但每个字却都像刀一样扎进我的心里，我想我的脸变白了，我起身跑回房间躲了起来，我觉得很耻辱，我竟然如此的软弱不争气。但同时，他也变卦了，没多久之前他还说他想死在这里，但他都忘了，或者他只是说说而已。但我不想让他看到我伤了心，我讨厌流露情绪，尤其是我软弱又不争气的时候。妈妈跟克约先生说了很久的话，她肯定是在请他原谅我，说我太累了，请他不要见怪。然后她打开我的房门，说："老师要走了，你不说再见？"妈妈管所有上了年纪又体面的人都叫老师。我没说话，走之前，克约先生说："没关系，不用打搅她。"好像这只是一个礼节问题。妈妈送他到门口，我听见她用一种变了调的愉快声音说："谢谢，老师，谢谢，再见。"我猜他肯定是给了钱，她才用这种比平时更尖的、滑稽的谦卑语调跟他道谢，这可跟她抽我耳光时的说话声一点儿也不一样。

当时我什么都没说，过了一会儿，我盯着她的眼睛："他给了你钱吗？"她不回答，而是装起了好人的样子："我们很幸运啊，是上帝听见了我们的祈祷，才把老师送到你身边来。"

我明白了她说的是大卫神父在上个星期天布道时讲的故事。说是打完仗后，一点儿食物也没有了，但要过一个节还是有一个婚礼什么的，我忘了，人们就开始祈祷，突然间有人来敲教堂的门，原来是卖烤鸡的饭店送来了五十个餐盒，里头有鸡肉，有薯条，甚至还有辣酱和可乐，于是大家都吃饱了，而且还有剩的，能施舍给叫花子们。

我对妈妈说："他给了你多少?"她还是不回答，却说我应该听她的话，好好上学，进大学，过好生活。"要是我想要捞鲍鱼呢?"我已经准备好要嚷嚷起来，但她不愿跟我吵。我太生气了，心想我再也不要见到这个先生了。

每个晚上，一个水洼又一个水洼，一个缝隙又一个缝隙，夜占领了岛。夜从海里爬出来，阴暗寒冷，和生命的冷淡混合到一起。似乎一切都变了，一切都换了影子和风化的痕迹。每天放学后，我都会来海边。我不知道我在寻找什么。我觉得大人们没什么可教我的了。他们还没张口我就知道他们要说些什么，看他们的眼睛就知道。利益，只有利益。钱的勾当，资产的勾当，性和他们拥有的一切的勾当。

海里有一个秘密，一个我不该发现的秘密，但我每天都会找得更仔细。从黑色的礁石上、沙子里，我能看到踪迹，我听见默默的低语。我堵住耳朵不要听，但这低语声进到我的身体里，充满我的头颅。那些声音说：来，到我们这儿来，到你的世界里来，从此这是你的世界了。这些声音不停，不停地说，每一阵涛声后又再重复：你在等什么？这些声音也在风里跟我说话。夜里我无法入睡。我从窗户爬出去，在野地里走着。没多久之前，我可能还会怕得要死。一丁点儿的人影，半个树丛，都能让我发抖。但现在我不怕了。另外的一个人进入了我。另外的一个人出生在我的身体中。我不知道这是谁，他又如何做到的。一点一点，我没有察觉。别人不知道。在学校，卓还是骂我脏话，但只要我看他他就转过头。照镜子的时候，我发现我的眼睛里闪着一点儿绿光。我的瞳孔周围的黑点漂浮在一汪冰凉的水里。是冬天的大海的颜色。这就是为什么卓害怕我的目光。看着镜子里的自己的时候，我的心跳得更快也更猛烈，因为镜子里的，不是我的眼睛。

我觉得我老了，我觉得自己又沉重又丑，我也不会像以前那样跑了，或是跳过田间的围墙。尤其是，例假来了之后，我觉得我的肚子比以前更鼓了。我坐在学校操场的一条长凳上，太阳地里，看着男生女生四处追逐、推搡，或在角落里逗乐。他们的声音都很尖。她们的喊声都像动物在叫。我呢？我的声音变低沉了，刮着嗓子。“你怎么了？生病了？”是安迪，还是我喜欢的一个校工。他又高又瘦，像只鹭鸟。他站在我面前，挡住太阳，跟树丛一样。我不知道怎么回答。我用令人不快的声音对他说："你挪开，挡着我太阳了。"

放学回家后，我也不跟谁说话。妈妈怪怪地看着我，不晓得她是生气还是担心。可能她害怕我变性了！听说克约先生来过两回。他说过我的将来吗？我差点儿就问："他这个月给了你多少钱？"

我还见的人，是那些海女。特别是那个老康多。我走到水泥房子那儿，坐在湿漉漉的地上，等着她们从海里出来。归根到底我想她们是接纳了我的，就算我是个外国人。有时她们让我一起去潜水。我套上橡胶的潜水服，肚子和屁股那里有点肥，不过也行，再系上有铅块的腰带，在眼前和嘴巴上罩上圆形的面罩，然后就滑进凉凉的水里。我马上就被海流包裹，我和别的女人一起沉到水底。我赤手摘下贝壳、海星，再放到一个网兜里。贴着我的耳朵的，是寂静，一种有毛绒质感的寂静，其中充斥着低语声。我看着一缕缕的黑色海藻在浪里舞动，鱼群游过时闪烁的银光。想起克约先生待上几个小时也什么都钓不着，真是好笑。他真该试试，我想着他穿着黑色套装，戴着鸭舌帽，穿着亮漆的皮鞋扎到水里的样子。我任凭水托着我，交叉双臂，睁着眼，不动，也不呼吸。我学会了在水底下待上一分钟也不上来，当我浮出水面时，我把头往后一仰，发出呼喊，这是我的喊声，没有人跟我一样：俄——啊——呀！那些老女人都笑我，说我的声音像牛叫！

我不去上学了。有什么用？去了那儿，就是一小时又一小时地坐着，假装听讲，睁着眼睛睡觉。小孩，都只是些小孩。连卓也是，还有他的那些招数，他那坏样子，可怜兮兮的骂人的话。一天，我从学校出来，他朝我扔了块石子。我转过身看着他，他冲我喊："你，婊子，找你的美国人去！"我朝他走去，他害怕了。他，比我高上一头，喜欢扯我的头发，让我把头低到地上的人，竟然怕一个女生，而我的身高只到他的肩膀，体重也只有他的一半。他那丑陋的狗脸显出害怕的神色来。于是我明白我跟以前不同了。我的脸现在和克约先生生气的时候一样了，没有表情，灰暗，冷漠，眼睛是两道绿水，像被海水抛光的玻璃。我朝他走过去，他终于逃了，从路的拐弯处跑走了，也就是从这一天起，我决定再也不去学校了，我要当一个海女。

我很高兴做出这个决定，更开心的是我有一张新的脸，我径直回到家里，不过妈妈不在。只有她那男朋友，我用我冰凉的玻璃一般的眼睛看了他一眼，不过他跟平常一样醉醺醺的。他说：“大中午的你来做什么？你又逃学了？”我从他面前走了过去，甚至撞到了他，但我什么都没说。我觉得我比他强大多了，我能把他赶回他该去的地方，去做他那些零碎的活计，去那些破酒馆，去跟和他没两样的酒鬼们打牌。我把学校的东西扔到床上，换了衣服，我穿了新衣服，一条黑色的牛仔裤和一件黑色的套头衫，我把头发挽起来，去了海边。现在童年已经被我抛到身后了，我可以选择要穿的衣服了，这是一身城里女孩儿的衣服，正式的，算是丧服。碰到我的人认不出我了，他们该以为我是个游客，天气转凉了还滞留在这里，或者是个首都的年轻女孩儿，被家人赶了出来，就像妈妈在生下我之后那样。

跟克约先生我什么都没说，我在堤上的老地方找着了他。他没带那套钓鱼工具。他穿着我没见过的衣服，一件塑料的黄色风衣，一条旧帆布裤，但他还留着那双亮漆皮鞋。我猜他不会穿拖鞋走路。他正看着那些从渡船上下来的人，一排排汽车、电动车。看到我时，他笑了，这是第一回，他的脸上挂着这么明亮的笑容。

“我还不确信你会不会来。”他说，“我以为你生气了呢……你没有生气吧？”

我没有回答。看见他，怨恨立马又浮上心头，恶心的感觉一直涌到了嘴唇边。我们沿着海边，一直走到了我过夜的那个海滩上。

“您为什么撒谎？”我最后说。但我也不知道他到底撒了什么谎。我只是觉得他背叛了我，我的心因此很痛。

克约先生说：“我没有跟你撒谎，要是我说你很漂亮，那是真的。”

他不听我的，他在嘲笑我。我有跟他要糖水喝安慰我吗？

“您撒谎，您撒谎，我知道。我曾经希望您是我的朋友，但是您跟我撒谎了。”

过了一会儿，他不跟我说话了，却跑了起来，退潮后，海滩的表面变得很硬实。他跑出去又跑回来，又再像一只小狗一样绕着圈重新跑出去。这实在太愚蠢了，简直让人无法忍受。“停下来，停下来，先生，拜托了！”我张开胳膊想要拦住他，可他绕过我又重新笑着跑开了。我太累了，坐在了沙滩上，或者说不堪重负一般跪到了沙子里，胳膊耷拉下来。他于是停下，跪到了我身后，用胳膊圈住我。“你怎么哭了，俊娜？”他的嘴唇贴着我的耳朵，我感觉到热气吹到我的头发里。不远处的沙滩上，有人在像鸟一样走路。一对老年人，一些孩子。他们的声音传到我这里时，已经变得难以辨别，不太真实。他们该是觉得我是一个小女孩，正在撒娇让爸爸安慰。

“我没哭。”我一个字一个字地说，“我再也不哭了，只有小孩子才这样。”

他看着我，没听懂似的，或者其实他听懂了我想说什么，还很高兴我有这样的改变。他在我身边的沙子上坐下了，开始下棋，就像我们刚认识的时候那样。他拿过来一片海藻、一块黑色的小石子、一块软木，他像平时一样让我赢了。我放了一根洁白光滑的鸟骨头，很明显，他留着那块骨头让我赢他。有那么几秒钟我觉得自己又变成了一个小女孩儿，像个孩子那样，有那么一点点不知所措，又想哭，又想笑。

我们在风里用尽全力地跑了起来。天气已经开始变冷了，冬天快来了。海潮汹涌，海水是浑浊的绿色。在一个小海湾里，我们停了下来，这回是他给我做了按摩，但他确实不擅长这个，他的手太硬，太有劲儿，这可能是他以前当过兵，那时他得紧紧地抓住枪，不然开枪的时候就会打滑。他问我说：“你怎么穿着黑色的衣服了？”我想也没想就说：“因为冬天快来了，你也要走了，悲伤的孩子的心里会又阴暗又寒冷。”他听了，不知道怎么反驳。

他在远一点的地方半躺下，摘下了鸭舌帽，我看见他把头发剪得很短，就像当兵的那样。

很奇怪，克约先生看我的时候，我觉得是别的什么人。就好像这时候，他身上有两个人，一个又安静又强大，我很熟悉，另一个却不一样，好像透过面具的孔在看着我，让我害怕。我发着抖往后退，他却越走越近，眼睛里闪着我不认识的绿光。

“你为什么看着我，先生？”

他不说话，我却觉得我好像是在水面上浮着，往后游，像要晕过去了那样。我的心怦怦地快速跳起来，前胸和后背上有汗水流下。

“这回，该我给你讲一个故事了。”他说。“是真事儿吗？”我问道。他想了想说：“这是一个梦里的故事，所以它比真实的还要更真一点。”

我等了一阵，这一阵子里我又成了一个不想长大的孩子，为了躲避外面的世界和风，蜷缩在一个大人宽阔的胸膛前。

大海的夜像野兽一样潜伏在我们周围。但先生的声音却轻飘飘地圈住了阴影，就像风圈住浓雾那样。

“在我的梦里，我梦见了一个女人，她是我们能想象的最漂亮的女人。她不仅很漂亮，而且还会用一种天使一般的声音唱歌。她从天上来，或者从海里来，她来到地上想要认识一些人。她走遍了好多国家，到处唱歌，在街上、在广场上、在花园里，所有的人都停下来听她的声音。于是她就成了歌手。

“有一天，她认识了一个男人，这个男人很喜欢她，但他的爱还不够，他不想娶她，男人离开后，她伤心欲绝。于是她决定不要在地上待得更久了。

“后来她又认识了另外的一个男人，但是她已经不能像第一次那样去爱那个男人了。为了证明他的爱，女人让男人把心打开看看。

“男人不愿意，因为他怕她发现里面藏着的可怕的东西。

“不过有一天，他把心打开了，他可能喝多了，也可能是他忘了自己是谁。

“心一打开，女人就被吓到了，这个心是黑色的，里面全都是虫子在啃，已经死掉了。

“于是这个海里来的女人再也不愿意唱歌了。她看着大海，不说话。有一天暴雨来了，风呼呼地刮着，浪花都打到了峭壁最高的地方。男人把他的朋友带到家里躲避暴风雨，夜里，他们醒着呆了一阵，可后来，男人还是睡着了。等到早上他醒来的时候，才发现屋里只剩下了他一个人。

“外面的暴雨已经停了，他喊啊喊啊，没有人回答。

“在海边他找着了他朋友的衣服，整整齐齐地叠着。他等了整整一天整整一夜，又等了第二天一整天，但是那个女人再也没有回来。

“她回到了那个无穷无尽的海里。”

“这是一个让人伤心的故事。”我说，“这是您的故事吗？”克约先生没有回答。“这只是个梦。”他最后说，“所有的梦都是让人伤心的。”

“您觉得大海会吃人吗？”我都不敢肯定说我的问题有没有意义。先生迟疑了一下，然后说：“以前我也这么想，所以我才来到这里，想要证实这个说法。”

“现在您知道了吗？”

“不知道。”先生说，“我什么也没弄明白，但是我想最好还是忘了的好。我想，回忆不能阻挠我们继续生活。”

这些话让我无法忍受。我感觉到我的背上、头发里都有汗珠渗出来，我觉得我呼吸困难。

“您的意思是说……”

我说不下去了。

“您的意思是说您会离开，再也不回来？”

他露出了一点儿满意的笑容：“不知道……我现在挺享受这里的生活的。”

他表示说这种说法是为了礼貌起见，但我讨厌这样的客套。

“等到走了，这里有很多东西都会让我想念。比如说你，俊娜。谁也不是每天都能碰到像你这样的人的。”他还添上一句，让我更难受的，“还有谁会教我钓鱼呢？”

他站起来，朝村子的方向走去，他的动作不再显得生硬不自然。他把手揣到了黄色风衣的兜里。他可能还吹着口哨。走了一段路他又转过来：“喏，你也来？”

我坐在潮湿的沙子里，天开始下雨了，冰凉的雨点轻轻地啄着我的脸。一股又浓又涩的气味从海里升起来。我回答说：“我不来了，我想再待一会儿。”我的声音有些沙哑。他没有回话，或者他像个真的一点儿也不在乎的人那样耸了耸肩。或者他说了再见，而风吞掉了他的声音。

我喜欢女人。我喜欢她们的身体、她们的皮肤，她们皮肤的味道、头发的味道。被关在牢里的岁月里，我时时想念着这些气息。我本不敢相信这惩罚已经结束，耻辱让我只能过着被排斥的、没有女人的生活。越南顺化那个暴力的夜晚。士兵们带走了一切能带走的东西，神龛上的小塑像、餐具、绣花的裙子、座钟，甚至还有画框中乌贼墨色的老照片、书页卷起叠成手风琴样子的祈祷书、成捆的钞票、成袋的铜钱。我走进了这个法国殖民时期修建的富裕人家的房子，天花板很高，四方的院子里有一个水池，绿色的池水里浮着几片睡莲的叶子。士兵们在我之前就进去了。我不认识他们。我那时是《联合报》的自由撰稿人，正在寻找可以拍摄的东西。我已经拍过搬走收音机或座钟的海军士兵。这些士兵并没有注意我，甚至没有看过我一眼。他们在搜寻，不是什么可以掠走的物件，而是一个女人，藏在了屋里的女人。他们找着了，一间空屋子里，很可能是以前的洗衣房，因为墙上还嵌着一个石头的洗手池。我在门口站住，等眼睛适应了昏暗的光线，我就看见了她。她蹲在地上，背抵着墙，目光闪烁，她用胳膊抱住了膝盖，仿佛在等着什么。这个空无一物的狭窄屋子里，空气潮湿沉重。墙壁上还有发霉的斑痕，被搬走的家具或者窗帘留下的痕迹。蜘蛛网像挂在天花板上的灰色星星。灯也被扯走了，只剩下电线空荡荡地吊在半空。屋子里只有这个女人，写满恐惧的脸看不出年龄，匆忙中挽起来的黑发垂散到一边。士兵们的脊背十分宽大，我不得不挪了挪身体，往屋里迈了一步，才看见了她的脸、她的眼睛，我想她就瞥了我一眼，我保证，她没有乞请，没有叫喊，没有哀求，她仅仅是看到我在看她，那眼神已经变得空洞遥远，没有含义，眼白中的一个黑点。然后，这目光便移开了。房间里，一股酸味升了起来，汗水和恐惧的味道，暴力的味道。

我来到这个地方，这个岛上，是为了死去。一座岛，是死亡的理想地点。一座岛，或是一座城。只是我没有找到理想的城市。对我来说，所有的城市都是监狱的延伸，走廊般的街道，黄色的灯光，瞭望台般的广场，窗户紧闭的大楼，荒芜的花园，流浪汉在水泥长椅上昏昏欲睡。和玛丽一起，我们去了很多地方，我重新学会了生活。她唱歌，她纵酒。她是暴风雨间隙时的那一缕阳光。她的身体，她的脸，她的声音。她给我唱她小时候的那些赞歌，这时候，她又变成了当年的那个小孩儿，尽管有对她动手动脚的牧师，尽管还有这个混蛋艺术家，为了躲避他，她远离了家人。她站在我面前给我唱歌，房间里的灯光照着她，我一动不动地倾听着。然后有一天，她走了。她进到了海里，再没有回来。

这个岛是寻死的好地方。我们一上岛我就知道了。玛丽想要去看山顶上那些坟，其实就是一些鼹鼠包一样的圆形土丘。一天下午，好多的乌鸦围住了我们。上千只，在白色的天空上打转，然后落到墓地里。玛丽看着它们，恐惧的眼睛里充满了惊奇。“这是那些死了没有埋的人的灵魂。”她说。我想说它们在这儿仅仅是因为这里不会有人来打搅，但她不听。她说起了那些受到不公正待遇的人，男人、女人、被蹂躏的、被摧毁的。死亡吸引着她。是她，还是我，选择了这座岛的庇护？她从甲板上远远地望见岛，一条长长的土舌，终点是个黑色的小山包，这时，她便紧紧地握住了我的手。“就是这儿，我等的就是这个地方。”我没有领会她说的是什么，但后来，这成了显而易见的事情。她在寻找世界的一个尽头，一块岩石，一艘沉船的遗骸，好逐渐磨灭她的绝望。她需要的是这座岛，而不是我，以完成她的注定的命运，她自己构想的命运。至于我，是个罪犯，或是个偷盗画面的人，或者因为跟强奸者同谋而被关了监狱，这对她来说都没什么关系。有一天她也这样说了，笑着说的。她的眼里阴霾密布，她可能已经开始憎恨我了：“你，满脑子痛苦的家伙。”我没有告诉她我见过的事情，我们怎样对待战俘，拿水淹，给他们注射硫喷妥钠[1]，或是电击。但她都猜到了，受害者们肯定都能认出他们的行刑人。

我喜欢女人的身体。触摸温热柔软的皮肤，轻轻拂擦乳头，用舌尖品尝那些隐秘无法描述的滋味，这都让我感觉到力量在我身上重生，充实我的肌肉，不光是我的性器，而是整个身体，整个大脑，一直到这个腺体，这个结，我不知道它叫什么，但它就位于枕骨之下，脊柱与头颅相会的地方。没有这欲望，我什么都不是。我一辈子，我写的东西，在监牢中的岁月，它们什么也没有教会我。但只消一夜，和一个女人的身体共处一夜便能给我一千年的生命！这里，这个岛上，与死亡毗邻之处，我比在别的任何地方都更强烈地感受到了这欲望的力量。

我是要到这里来死在这里的，可能吧，我记不清了。在寻找通往虚无的路径时，是生命重新找到了我。以我的岁数，我本不相信的。我本不再期待奇迹。

然而每个夜里，当大风刮起来，暴雨透过门窗的缝隙嘶

① 一种快速起效的短效全身麻醉剂，它的医学用途是麻醉、精神科恐慌症治疗等，在刑事领域可用作吐实药，也用来执行死刑或安乐死。——译者注

响的时候，我掀起白色的窗帘，便看见昏暗中裸露的女人身体。床垫放在地上，我躺在她身边，周围是有樟树香气和别的香草的油，她点燃一盏小灯，告诉我她在等我，而我则借着灯光看着她的身体。我不知道她叫什么。第一天她说过，然后我忘记了。我自己给她取了一个名字。她一点也不了解我，我也不了解她。我知道她已经结过婚，还有孩子。第一次见到她时我就明白了。她给俊娜包扎膝盖时，动作很慢很轻，像母亲一样，还带着柔和的微笑。我不在乎这个，这不是我要找的。我们可以说没有交谈。我们一起做爱，一次又一次，用各种姿势。然后我躺在她的身边休息，听着风吹过瓦楞板屋顶的声音。我睡一小会儿，然后起身，不弄出声音，回到宾馆。一天，又一天。

我看到了不该看的事情。星期天，快到半夜的时候，我从海边回来。风忽急忽缓，没头没脑地从各个方向吹来，海潮涌动。这一天，海女们没有下水，游客们也在下午就早早地坐船走了。我希望最后见克约先生一面，于是在港口转悠，看看能不能发现那件崭新的鹅黄雨衣。港口酒馆油腻的玻璃窗上，覆盖着厚厚的水汽，工人们都在里头，一边抽烟一边喝空一瓶瓶的啤酒。狗们为了避免趴在潮湿的地面，跃上了层层叠叠的啤酒箱，然后将鼻子藏到肚皮下打瞌睡。村里的店都关门了，连“披萨客厅”也在门口挂上个牌子：“我一小时后回来”，但他肯定是要等到明早才会开门的。这让我挺来气，因为喝不上咖啡了，港口的酒馆是不会招待我的。那些顾客也肯定会嘲笑我，他们就喜欢一帮男人一起待着，绝对不会允许一个女孩儿看着他们醉醺醺的样子。我也不能回家，因为今天妈妈会在家和她的“男朋友”看电视，综艺节目，或是那些黏黏腻腻的电视剧。于是，不知道为什么，我往药店那边走去了。脚步把我带了过去，我自己却都还没有反应过来，也许这是本能的，就像在斜坡上，人会不由自主往下走。

药店关门了，白帘子在风里往门上摔打，但铺子后面倒是有一些微弱的灯光，我于是蹑手蹑脚地走到了屋后的窗下。我听见有人说话，压低了的声音，我试着分辨是谁在说话。透过百叶窗的窗条，我能看见有灯火在跳跃，不是电灯，而是蜡烛一类的黄色光线。这是女老板堆放药品、洗发水、乳霜的纸箱的地方。风雨门没有关，这是一种有铁栅栏的门，夏天天气热的时候可以防止虫子飞进屋里。门打开了，发出了一点儿咯吱声，但屋顶的铁皮在风里发出的声音将这动静掩盖了。我感觉像在犯罪，一动也不敢动。我没有尝试打开第二道门。说话声和蜡烛的灯光就是从这道门后传过来的。

我一动不动地待了一会儿，耳朵贴着门，并不知道自己要干什么。离开，转身回到夜雨中。我的心在猛跳，肚子里像有一个绷紧的结。好长时间我都没有过这种感觉了，还是很小的时候，等着妈妈从海里回来的时候才会这样。也是这样刮风下雨的天气，屋外有流水的声音，我想象着海里的怪物拉着她的头发把她拖进大海深处。我就在这里，两道门之间，一个我不该进入的地方，倾听着门另一边的声音。的确是一些叹气声、压低的叫唤和笑声，不是电视里的，不是，是真人的声音。我跪了下来，将眼睛贴到了锁孔上。我没有马上辨认出来，因为往这么小的洞里看的时候，你首先会觉得眩晕，然后洞的边缘才像鸟的眼皮一样，往两边，从下往上动起来。小屋里的光线来自一支放在盘子里的蜡烛。颤抖的光线中，我看到了一个东西，虽然没有马上明白是怎么回事，我还是立刻就知道了那是克约先生和药店女老板。我想要往后退，离开这里，但一股更强的力量迫使我将眼睛贴在锁孔上往里瞧。克约先生，我并没有完全认出他来，因为他躺在地上，伸长了双腿，而我这是第一次看见他的腿，肌肉厚实，深色的皮肤上覆盖着卷毛。他的脚看起来很大，脚底是粉色的，脚趾分得很开。他的身上，那个婊子一丝不挂，也躺着，她的身体和克约先生的腿形成了一个直角。只是她用脚使劲儿蹬着地，身体绷得紧紧的，往后仰过头去，头发披散在地砖上，瘦胳膊张开，我能看见她肚皮和胯部的白色皮肤、肋骨构成的圈、沉重的有点儿分得太开的乳房，还有她的脖子上有点儿突出的喉结，像个男人，但她的私处却是女人的，鼓起来，一丛黑毛像鸡冠一样耸着！虽然光线昏暗，但这一切被我看得清清楚楚，每一个细节，每一片阴影，皮肤的每一个褶皱。我看到的不再是我认识的人，而是一个男人和一个女人。他们两个在一起，形成了一个地球上不存在的动物，有点儿像个八条腿的蜘蛛蟹，黑白相间，有的地方有毛，几乎看不出头在哪儿，它还在慢慢地、慢慢地蠕动，只是并不往前行，而是在原地打转、打滑、再打转，脚蹬在地砖上，手臂张开，呼吸、悄声说话、呼吸、说话……我呢，还把眼睛贴在锁孔上！这虫子还在慢吞吞地蠕动，我看着她大腿上的肉在颤抖，肚皮鼓起来又瘪下去，穿透肚皮的一个黑洞打开又合上，摊开的乳房，还有在紧绷的脖子上一起一伏的喉结，她发出轻微的呻吟，低沉的声音，双重的声音，但她并没有真说什么，只是在哼哼，喉咙里在响动，像是动物喘息的声音，夜半的奶牛的声音，奔跑的狗的声音，退潮时海贝关闭硬壳的声音，尖刀插入鱼头时的死亡的声音。而我的眼睛在锁孔上贴得更紧了！我看的到底是什么！这都是谁，这都是谁的胳膊、谁的腿，散落在地砖上的是谁的头发，这是谁的声音、谁的叹息、谁的低语？都是谁的？我不知道我是怎么离开的。退着，爬着，锁孔中的烛光把种种图景逼送进我眼里，我感到眩晕。街道上海风乱窜，有几秒钟，我张开双臂往前走，什么都看不见。

我记得，妈妈决定要当海女的时候，我就是在礁石间的缝隙里等她的。风从我的头顶刮过，太阳在我对面升起来，光照之下，我几乎看不清撞击着岩石的海浪。沉稳地向前推进的浪花连成一条线，总让我联想起一些沉重的动物，一群整齐地往前迈步的奶牛，当尖利的礁石绊了它们的腿，它们就哞哞地叫着垮下来，变成一堆泡沫。妈妈选择这个地方，是因为这里人少，而且她是新入行的，不好意思去那些水面更平静的地方，比如像北边的海湾，或是海堤附近。她就是在这儿第一次看见海豚的，在她掀起石头搜寻鲍鱼的时候，那些从她身边拂过的影子，用它们的宽鼻子碰碰水底的海藻。她还说一开始还有一只海豚陪着她，给她指出来那些珍贵的贝壳都藏在哪里。后来，当她开始和别的海女一起下水的时候，她就再也没有见过那只海豚了。

暴雨没有要歇下来的意思。风从东边吹来，没有减弱一丝一毫，它推过来大片的云，把它们吹散，再聚拢，更多的云从海平线上升起来。海女们歇息下来，等着暴风雨间隙的平静。广播里在说一场风暴，一个能吞噬大地和岛屿的怪物。我梦见这是世界的末日。一切都消失掉，只剩下我和妈妈，漂在水里，坐在一个木筏上，那是不知道哪里来的一张门板，我们坐在上面寻找一个新的岛。在梦里，我们不是要找我们住的这个岛，而是一个有椰子树和白色沙滩环绕、天空晴朗无云的地方。当然，这样的地方是不存在的。

听说克约先生离开了“快乐时光”，我没有再见到他。他来我家跟我告别，就留下了一封信，里面说祝我好运。读完信我把它揉成一团扔了。要是再也不见面，说些话有什么用？我讨厌这些礼节客套。我讨厌政治演说和品德训导。在教堂，大卫神父念了约拿的故事，他大概是想着风暴降临，是讲这个故事的好时机。虽然我已经不信了，但有的段落我还是挺喜欢的，尤其是通过他低沉悦耳的声音念出来：

我遭遇患难求告耶和华，
你就应允我。

从阴间的深处呼求，
你就俯听我的声音。
你将我投下深渊，就是海的深处。
大水环绕我。
你的波浪洪涛都漫过我身。

天大亮时，我慢慢地换衣服准备潜水。我脱掉了牛仔裤和套头衫、运动鞋，找了个石头下面差不多是干的地方把它们放好，压上一块石头，不让风吹走什么。我再穿上橡胶的黑色潜水服。肩膀和肚子那里都大了一点儿，但我比妈妈高，所以胳膊和腿都很贴身。这时我立刻就感到身体血液的热量在潜水服里流动，这让我更有动力了。我系上带铅块的腰带。妈妈的鞋太小了，我宁愿光着脚，虽然岸边的石头很锋利。我戴上面具。不用帽子。反正我头发太多，而且我也喜欢它们像海藻一样漂在我周围的感觉。

我进到海里，波浪马上环绕了我。我的脚从黏腻的礁石腾起，向着太阳升起的方向，我在水面划行。我感觉到了一股幸福的磁波，我要离开，去世界的尽头。我要去找克约先生说起的那个女人，她肯定在等我，肯定能认出我。波浪缓慢而强大，我得潜进水里才能越过浪撞到峭壁的地方。但大海又是轻盈的，浸满了星光，下卷的水流带走了我，海水抚过我黑色的身体、我的脸、我的头发，围绕着我，像朋友一样。它不是甜的，它又苦又涩。那些阴暗的峡谷，那些秘密和痛苦，大海把它们展开又合上。我想要真的见到梦里的那个年轻女人，那么胖，那么白，卧在海藻毯子上，我想要感觉到她用透明的、水一般蓝色的目光看着我。饱含水汽的云贴着海面浮过，抛下大把的雨点，我转过脸来，好喝到甜甜的雨水，我浮了一会儿，我是被浪推来搡去的一块木头。铅腰带往下拉着我，我缓缓沉到海底，那里的风摇晃着水草。阳光渐渐充满海水，把白色的石头、珊瑚照得闪闪发光，像金子一样。我张开双臂转啊转啊，天空被大海切成了碎片。

一个影子掠过，一个淡白的影子，而我的心快乐得颤抖起来。我认出来了，那就是海女们说过的海豚，康多的海豚，它也在妈妈妈刚来岛上时迎接了她。它凑近过来，穿梭，旋转，绕圈，皱巴巴的眼皮之间，一个闪亮的眼珠在看着我。我是很开心的，因为这下子，向康多提出的问题有了答案。它的眼睛是黑色的。它从离我身后很近的地方游过。它停下来，在原地游，鼻子朝天，光线落在它倾斜的身体上，它在等我，它也要给我指出石头间鲍鱼的藏身之处。当我浮到水面换气的时候，它也在，在我身边，喷出被压抑的空气，而我，则发出了喊声，用海女的语言、海豚的语言喊出了我的名字：俄——啊——呀！从现在起，我不会再有别的名字了。天大亮了，阳光下，雨幕收起来了。岸边，浪花闪闪发光。岛在远处，像一艘黑色的船。我知道我不会回去，我知道我不会再见到这些人，这些村子里、学校里、咖啡馆里渺小的生物，这些懦弱的人，这些在商店后间交配的软体虫子。我怀念我的妈妈，但我得去了。她会懂的，她会一直爱我。

我要走得很远，很深。我要去找那个躺在水底的年轻女人，去看着她张开的眼睛，我要去找到所有那些失踪的女人，所有那些被抛弃的女人。我将屏住呼吸，潜到深处，让铅腰带引我下坠，我看到了色彩斑斓的海底，海藻有绿色的、褐色的、红色的，还有舞动的长长海带，黑色的沙子里有海星闪耀，鱼披着条纹，章鱼透着亮。我将永远地睡去，睁眼看着死亡。我将会变，变成一个淹死的女孩儿，另一个人，菲利普·克约要的这个结果，他把他的过去塞给了我，在我的心里注满了欲望和苦涩，他在我身上解脱了自己，把他的命运填给了我。而后我往下坠，仰着头，日光亮白，静谧中有语声喃喃。我张开双臂，摊开手掌，我向后滑去。然而我又觉出了有皮肤贴着我，柔软灰暗、温热熟悉的皮肤，它包围了我，托着我，温柔有力的皮肤，还有环抱着我的光滑的身体，引我朝那光亮升上去，升到日光里，当我出到水面上，我听到了她的喊声，沙哑，尖厉，那是我母亲的呼唤声，然后我也仰头，张开喉咙，吐出海水，喊了出来，喊出了我仅有的名字。俄——啊——呀！

“我的朋友要走了。”她不喊，也不闹，只是坐在地上，就在商店的后间，我们做爱的地方。

已经到晚上了。那些天，一切都在这时候开始。天空还透着光，但是影子已经从它们的藏身之处钻出来，盘踞到每一所房子上。我不需要跟她解释什么，她已经知道了。在一个岛上就有这样的好处，所有的消息都传得特别快。

她没有点上那些有香气的蜡烛。一个光秃秃的电灯泡吊在电线上，夜蛾撞到上面，烧伤翅膀。我们不说话，我们能说什么呢？再说了，我们压根就没有真正地说过什么话。甜腻的三言两语，可能只是为了嬉笑，为了爱抚，为了获取愉悦。或者是压低的喊声，含糊不清的话语、呼吸声，还有舌头的声音。就好像她没有名字也很正常。要是我们互相之间都没有名字，就代表我们都不存在吗？顺化的那个女孩也是，她也没有名字，强奸她的士兵们也并非人类，他们只是一些战争的机器。我看着这个蹲坐在地上的女人，小房间里堆满了纸箱，好像又回到了三十年前的那个门槛上，一场罪行正在这个昏暗的小房间里酝酿。

我不能和她一起坐下，我只能站着，看着，她做不了别的事。而她也不看我，把头转向了墙壁。生活是苦涩的。生活也并不慷慨，只是有时候，奇迹般的，你并没有准备碰上谁，却遇见了一个天使，一个来自天堂的使者，熟识上帝的人。

她，在这里，在这个充斥着瓶瓶罐罐的药店里，并不把什么消息带给谁，她不认识天堂。她从来没有在海里游泳时与海豚相遇，也从来没有游泳穿过海湾。她只是一个女人，和所有别的女人一样，既不更好，也不更坏。她是一具肉体，我很喜欢她的皮肤，她皮肤上的味道，咸涩而迫切，当欲望在她的身体里扩张，我听到她的呼吸变得急促，喉咙里开始发出兽类的低吼，脖子上的动脉开始跳动，我们的身体被汗水粘到一起，分开时则发出吮吸似的声音。但我得离开，我从她的身体里抽退出来，感觉到空虚侵入了这间屋子，空虚，寒冷，而别的一切感觉都只能是假的。没有什么能阻挡死亡、罪行和孤独。我走了。

她抱住了我的左腿。我站着，略微转向门那边，而她却吻了我的腿，这个孩子气的举动让我愣了一下。她一言不发。我看着她的黑发，中间有银丝在闪着光，她的肩膀、她的腿蜷在一边，有些臃肿，但膝盖位置还很圆润。我弯下腰，像解开绳节一样，将她的手指头一个个掰开。我温柔地跟她说着话，但不解释什么，没有用，她知道我来是要说什么。这是我在此处的生活、我们在这店里的夜间生活的结束，对她来说，时间继续前行，没有我，没有回忆，这都有什么用呢？她是属于这个岛的，她属于这里的石头这里的红薯田，她是这些以捞贝壳为生的族群中的一员，对她来说，这里的鱼鹰都比我更有意义。她抽回了手，坐下去，我从房门出去的时候，她转过背去，我走进了黑暗的夜里。

从渡船的甲板上，我看着海岸渐渐远去。夜幕已经降临，冬天的夜，夹在暴雨和平静的无聊之间。我是什么时候来这岛上的？三十年前，一切都不一样。我以为我获得了重生，但什么都没有被挽救。

"快乐时光"的老板几乎没有给我留下选择的余地："赶紧走吧，不然，是警察来收拾您。"据说在这里，发生不正当的男女关系会被关起来。但我明白这不是我被驱逐的原因。在我不经意间，一个个的碎片重新聚拢，过去又浮出水面，谁都没有忘记。军事法庭的审判，监狱，漂泊。玛丽，还有现在的俊娜，被腐蚀的孩子。我该是被诅咒的。

走之前，我想再跟俊娜见一面。给餐馆卖贝壳的海女们告诉我说那孩子差点儿淹死了。她妈跟她们报了信，千钧一发的时刻俊娜被救了起来。当她被拖到沙滩上的时候，她已经停止了呼吸，幸好她妈妈做了该做的，给她做了人工呼吸，她才又活过来了。

我去她家的时候，大门紧闭。我敲了门，过了一阵，俊娜她妈的声音从门后传了过来：“请离开这里，先生，拜托请离开这儿。”我没有再坚持。在街上，我撞见了住在她们家的那个怪人，我不知道他的名字，他用他那吃屎的狗的眼睛看了看我，然后就绕道走了。暴雨经过这座岛，洗去了我所有的积怨。我觉得很轻松。整理行李时，我还吹起口哨来。是玛丽唱过的，还是她在曼谷的酒吧里巡回演出时唱过的曲子。

在一个小学生的作业本上，我给俊娜写了一封信。我想告诉她她带给我的一切，她教给我的所有东西。我也想告诉她说，苦涩的经历也是珍贵的馈赠，这让我们能感受到生命的味道。但我怕她不懂，再说，我也不知道怎样才能交给她，于是我就把这本子留在了身边。也许有一天我能想办法交给她。在别的地方。在另一段生命里。

我没有跟任何人说再见。我把旅馆的账结了，老板像扑克手一般敏捷地数了一遍钞票，揣到兜里，然后就关上房门，回去看电视上的棒球赛了。

“哦，快乐时光，哦，快乐时光……”我想，在细雨中走向防波堤时，我的脑海里唱着的就是这首歌。虽然自己也觉得不可能，有那么一瞬间，我还是想象着俊娜在趸船上等我。舷门前乘客们在排队，我还以为认出了她的身影。走近了才看清，我看到的，不是一个散着头发的女孩儿，而是一个有着一张红脸的胖老太太，她冲着我笑了一下，嘴里没有牙。

我毫无遗憾地走了，没有带上鱼竿或是别的那些业余渔夫的装备。我也不需要了。我再也不需要向世界的无聊掩饰什么，我自由了。也许我已经不再年轻，不再那么有朝气，但我已经准备好了为自己谋一个位子，随便什么位子。一切都在那盘棋里。你走一颗石子，对手走过来一根海藻、一根鱼鹰的羽毛、一片牡蛎壳。然后突然之间，你找到了唯一的一颗黑色的石子，光滑、洁净、沉甸甸的，于是你赢了。

我正在康复，至少，烧退了之后，医生是这么说的。今天早上三十八度二。脑袋里疼痛的感觉开始消失了，我开始适应嘴巴里苦涩的味道。有点像黑咖啡的味道，我要喝，妈妈也不反对。好像我现在是大人了。每个月又开始流血了，妈妈大大地松了一口气。我猜她是不是想着我怀孕了。那是她想到了她自己，她怀上我时，就是十八岁。那浑球终于走了，海女们用手推车推着我回去的时候，妈妈把他赶走了。据说她们给我脱衣服的时候他凑近来了，我疯了一样，喊着说他是个变态、恋童癖。我淹水后的日子里，我和妈妈一刻也不分离。她就是出去买买吃的、鱼干，或是牛肉罐头。因为暴雨，商店里不是什么都有，有的东西干脆没了，比如牙膏。但也没关系，用碱面刷牙也挺好。

我们聊天，每天都聊。这是因为从我小时候起我们就没有这样聊过。妈妈很美，不像我，皮肤是棕色的，头发是卷的，她很白，顺直的头发里混着几根银丝。她要我给她把白头发拔掉，但我不干，我不要她身上的什么东西少掉，她什么都不能变。

这是她第一次真正地跟我谈起我的父亲。“他跟你一样又高又壮。”她说。她从没说起过他的名字，她笑笑，假装说她忘了。

“他为什么走了？他为什么把你扔下？”

她迟疑了一下，最后说：“男人都是这样。他们会走，不留下来。”

我有点生气，站起来，喊着说：“这不是真的！你不愿意告诉我，他不是什么都没说就走了！”

她先试着安慰我。“当然是有一些理由的，我们没有结婚，我跟他说我怀孕了的时候，我说想要马上结婚，他回答说他不能，因为还不是时候。我当时很天真，我还以为他说的是真的。他呢，去申请调动，离开了基地，但我一点儿也不知情。有一天，我打电话过去，别人告诉我说他走了。”妈妈笑笑，有点苦涩。时间让一切都变得像喜剧。“我问他去哪了，但是人家没有告诉我地址，说是对军人来说，这是秘密。他没有留下通讯地址就走了。人家让我写信，说部队会把信转过去。我写了很多信，你出生的时候，我还寄了一张你的照片，但是他从来没有回过。也可能是因为他死了，但就算是这样，他们那些当兵的也不能说。”

我听着她的故事，听得心头发颤。克约先生也是没有留下通讯地址就走了。现在我理解她经历的事情了，她得有多爱我才能把我留下，那时，全家人都劝她把我交给孤儿院，忘掉我，好找个真正的丈夫，建立一个真正的家庭。

“对不起，妈妈。”我轻轻地说。她抱着我，把脸埋在我的乱头发里，我的头发更卷了，因为泡了那么多的水。我想要看着她，她却把我抱得更紧了，好不让我看见她激动的表情。

“为什么……”她说不出话来。“我不想你死，我太爱你了。”她在我的头发里说着这话，我有些想笑，因为她从来都没这样做过。相反地，一直以来她都说我的头发太多了，要把它们拉直，不能像我爸。“我不是想死。”我说，这是真的，我本不想，“我其实就是想在海里游出很远，一直游到海那边，到美国。”我不能跟她讲海底的味道、颜色、气味、深深的海沟，还有水面上仰头能看见的星星。再说这些事情她也都熟悉得很，她是一个海女，我是为了像她一样才去水里的。我不能跟她讲大海深处，睡在海藻床上眼神模糊的那个胖女孩儿。我知道大人们不信，连克约先生都没有信，所以他才抛下我走了。要说的话，还是他告诉我的真相。这真相对他一个人来说太沉重了，于是在帐篷里的那个晚上，他把他的鬼魂和心里的坏东西交给了我，现在他上路了，去勾引女人，在商店后间的地上跟她们睡，他不再想死了，他自由了。但我不想再想这些了，我现在老了，我得振作起来。我把妈妈抱紧一点儿，贴着她的耳朵说：“我遇见了那只灰色的大海豚。”妈妈应该是能相信这话的，因为有一次这个神奇的动物也接近了她。“我在水里的时候，它一直和我在一起，是它帮了我。”妈妈沉默着，我知道她不哭了。我不太喜欢大人们自怜自艾，我觉得恶心。“是它救了我。”我把这句话加重语气说出来，因为这是无可置疑的。我知道她想说什么，不对不对，我的宝贝儿，是海女们扎到水里把你捞了出来。妈妈肯定是以为我疯了，不能相信疯子说的话，也不能把他们的梦惊醒。得随他们去，慢慢的，然后再像从流淌的溪水里捞落叶那样把他们带回来。

不过，我知道我看到了什么。我知道我摸到了那温热柔软的皮肤，海豚还把我驮到了它的肩上，就好像驮它自己的孩子那样，然后带着我返回了水面，和我一起喊出了声。这个，我永远都不能忘掉。现在妈妈就只是我怀里的一个小不点儿，是我在摇着她。“好了，我再也不去海里了，好了。”我像跟一个孩子说话一样，很轻柔地对她说。我知道这是什么意思：我必须抵抗海底的大嘴的力量，我必须安于日复一日在陆地上生存的苦涩。我得忘掉水里的那个女孩子，她空白的眼睛，她摇摆的身体。大海是鱼的地方。大海奉献着贝壳和鱿鱼、鲍鱼还有海藻。上帝允许我们去那里面采集食物。我记得神父大卫念的关于老约拿的故事，他见识了海底的深渊、关闭的大地之门，而后又从他的葬身之地回来了。这回是我抱紧了妈妈，把脸埋进了她纤细的长发里。我感觉到了她干瘦柔弱的身体，更像个男人，不像女人。一个青春期女孩儿的身体。我想到她曾经用这狭窄的肚皮怀过我，用干巴巴的乳房给我喂过奶。

“您再也不用去海里了。”我说。她的身体硬了一下，于是我把她抱得更紧，在离她耳朵很近的地方又说了一遍：“您再也不要下海了，我和您一起，等您老了照顾你。”然后我又想挖苦她了，扔掉我平常跟她说话的尊敬语气说，“就算你都尿床了，还得给你穿尿布，就算得像喂宝宝那样一口一口喂你。”她的肩膀抖了抖，我猜我是把她逗笑了。

我们就这样出发了。一大早，风雨之中。妈妈第一次用被子背着还是宝宝的我来到这个岛上时，好像下的也是这样的雨。

油罐车、小汽车、摩托车纷纷涌上渡船，压得浮桥的烂板子咔咔作响。发动机轰响，船的铁皮在颤动。我和妈妈坐在船舱里的地上，周围还有几个没睡醒的岛上的人、几个被浇透的游客。这里面很热，水雾覆盖了舷窗。油和食物混合的怪味道有点儿让人反胃。渡船开始摇晃，调头朝向外海，我一动不动。我不想看着黑色的岛远去。我知道我不会再看到它。

没有身份的女孩

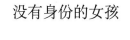

大海跟前，我颤抖了。

我想起了塔科拉迪那片白色的沙滩，缓缓推进的海浪。海的声音，海的气味。还有碧碧和我，稻草帽沿的阴影投在我们脸上，太阳底下，海浪的泡沫反射着耀眼的光。

那个人，我以为她是我母亲，我对她说：我害怕。她用有些嘲讽的语气说：你什么都怕。不对，我不是什么都怕。我怕黑，我怕半夜的响动，我怕从黑暗中剥离的形状。我一个人睡在楼梯边一间小小的门厅里，床垫就放在地板上。

我其实不是真的害怕。其实是孤独，或者，一种巨大的孤独的感觉。父母住在楼上。就在搬进离海不远的这座房子前不久，父亲刚刚再婚。我没有什么确切的记忆，但她好像怀着一个孩子。碧碧就在她的肚子里，碧碧出生的时候，我五岁了。

塔科拉迪的沙滩上，我父亲，他的妻子，她肚子里的碧碧，还有我。无垠的白色沙滩上，我们只是几个小点儿。椰子树横斜，海水碧绿，唯一留在我记忆中的，是心脏旁边、身体正中的一阵寒颤。什么东西颤抖了，像一根神经。

八岁时，我知道了我没有妈妈。那时，我们住在海边的一栋大房子里。生活很容易。我爸爸倒卖汽车，挣很多钱。我们穿得很好，脚上是名牌的鞋，我们有背包和玩具。碧碧的母亲不上班，但是她在家卖香水和面霜，就是人们叫做阿维达[1]女人的。父亲嘲讽似的说成是“钱为大”。本能地，我已经好长一段时间不叫她妈妈了，或者是她自己暗示她并不在乎这个。我怎么叫她？我就说“她”，或者大部分时候，我说“巴杜太太”。反正这本来就是她的名字。

我和碧碧上一个修女们办的学校，叫做那提维特[2]。每天早上都有司机开着一辆新车送我们去上学，梅赛德斯、奥迪，或者克莱斯勒的越野车。学校里的孩子的家长都是有钱人、非洲国家部长、黎巴嫩或者美国的大使。这一切本来还

① 化妆品品牌名称。——译者注
② 圣子降生之意。——译者注

可以持续很长时间。唯一的美中不足是大人们的争吵。碧碧还很小，但我一开始还挺害怕的。叫喊声传来，我的脚趾在拖鞋里缩成一团。我堵住耳朵，不想听到那些声音。后来我学会了把音响的声音调到最大，放摇滚、爵士或者费拉的曲子。我在碧碧的房间里躲着。一般来说，他们不许我和碧碧一起过夜，可吵架的声音一传来，我就知道，不会有人来查看我在哪儿了。“他们为什么在喊?”碧碧问。“他们在学狗叫。”我觉得这挺好玩的，碧碧不懂这里面的幽默。“爸爸妈妈为什么学狗叫?”“因为他们变成了狗。”确实，他们的声音就像在打架的狗。爸爸声音低沉，他老婆的声音尖利急促。我并不太清楚他们为什么掐架，我猜可能是因为他在城里还有一个女人，这让他老婆嫉妒得发了狂。我对碧碧说：“别担心，没有变成狗，他们吵吵架而已。”有些物件飞起来，盘子穿过窗户，落在花园里，还有杯子、小摆设。当他们吵完了，我就帮着女仆收拾残局。我觉得有些没面子。有的东西只是被摔出了裂缝或缺口，我也都送给女仆，说：“拿着，塞尔玛，你留着吧。反正他们也不要了。”我想，从很小的时候起，我就有了不错的幽默感，这还得谢谢他们俩。

再后来，我开始学着把那些易碎的东西放到安全的地方，比如漂亮的中国花瓶、环绕着槲寄生图案的甜点盘子、高脚杯和一些摆件。我也学会了把刀子和剪刀收起来。争吵开始，只要我一感觉到要坏事了——基本上每次都会坏事——就把放着尖刀的碗柜锁起来，再把剪刀藏到我妹妹的房间里，放在她床垫底下。因为我确信他们不会上那里找。塞尔玛还嘲笑我："算了吧，他们又不会真的拼死拼活。"

然而有那么一回，我的动作不够快。那是一个星期天，天气很热，海上翻滚的云层酝酿着一场暴雨。我当时在花园里，躺在悠悠荡荡的吊床上，和莎莎一起玩着。莎莎是巴杜太太的小母狗。我听见了楼上的喊声，当我打开门，巴杜太太刚刚把剪刀插进了爸爸的胸口。血从他的白衬衣里浸出来，她正歇斯底里地发作着，身体抽搐，大声叫喊。站在她面前一动不动的是她的丈夫，张着两只胳膊，剪刀直直地竖在胸口。他反复说道："你杀了我，艾斯戴尔，你杀了我。"他的声调有点悲怆，有点滑稽。但当时也没让我笑出来。当然了，他没死。我让他在一把扶手椅上坐下，然后就我自己，就把剪刀拔了出来。剪刀插在了第四根肋骨上，流了很多血，但没关系。克吉曼医生来了，缝了两针。爸爸的说法是，是他自己绊了一跤，正好扑到了桌子上，那桌上又放着剪刀，本来是要裁剪布料的。克吉曼医生没有评论，只是对巴杜太太说："下一次，小心一点儿，后果可能会很严重。"

他肯定是猜到了什么，因为大部分时候，巴杜太太撞青了，磕肿了，都是他来料理。这个家里的人可真爱摔跤。

当我回想起这个时期，就好像有以前和以后。以前我还是个孩子，不懂得生活是什么，也不知道大人们的坏，以后，我成了大人也变坏了。

我试着回忆起以前。这回忆有点儿像一个梦，模模糊糊，带着阵阵的刺痛，攫住我的心，让我头痛。美好，温和。和妹妹阿碧伽伊一起度过的下午。我们在花园里和动物们一起玩儿，我们爬到树上张望围墙之外的景色。蝙蝠挂在树枝上，像成串的毛茸茸的果子。我挺喜欢阿碧伽伊，我就叫她碧碧，她是我的洋娃娃。我喜欢把她的金色头发编成辫子。有一天，她差点在游泳池里被淹死了。我抓着她的头发把她拉出了水。从水里出来后，她挥舞着胳膊喘不上气。我于是就往她的嘴里吹气，我还喊着："碧碧，我不要你死！"她醒了，咳了出来。很久之后，巴杜太太嘲笑我，因为我说了"死了"。

我还记得在森林里的一次野餐。那地方挺远，爸爸的皮卡车开了一天。碧碧和我还有小母狗莎莎在车斗里。巴杜太太和爸爸在一起。她那时还年轻，穿着短裤，漂亮的腿被晒黑了，在阳光下闪着光。我们在瀑布里洗了澡，高大的树木投下荫凉，红蜻蜓在河面上盘旋，我听见碧碧在笑。我拿水浇她，我也在笑。

事情的经过也就那么一小会儿。对我来说，时间就在这一天、这一刻停了下来。我一直以为，人死就是这样的。有时人们说，死亡是我们唯一不能经历的时刻。我不知道这种说法对不对，不过这一小会儿的工夫，虽然不是真正的死亡，但我经历了，而且不断重温，并了解每一个细节。

我们的房子是两层的。下面是厨房、储藏室，车库里面放着货物的纸箱，还有一个小耳房，是女仆塞尔玛的房间。上面是卧室。巴杜先生和太太的卧室、餐厅，另一边是碧碧的房间，还有楼梯边我的一角。我们有两个浴室。楼上的那一个贴着瓷砖，有一个浴缸和两个洗手池。楼下的那一个是水泥的墙面，有淋浴的喷头还有洗衣机。花园深处的木头窝棚里住着园丁亚奥，他每天晚上点火烧掉落叶和家里的垃圾。还有一个鸟笼子，亚奥跟里面的鹦鹉说话，他也跟他的狗说话。那是条总拴着长链子的大秃狗。巴杜太太应该很怕它会吃了她的莎莎。还有一只猴子，身上也系着链子，总待在树上。这只猴子我记得很清楚，因为我们总拿它的小鸡鸡开玩笑。那东西又长又红，还是尖的，像根胡萝卜。我们不接近它，因为它挺凶的，再加上爸爸说，它能给我们传染上狂犬病。

亚奥这个人，我们有点怕，但还是挺喜欢他。他很高很丑，脸上都是坑。他在花园深处的小屋子里接待那些他在城里酒吧里认识的女人。至少爸爸是这么说的。她们跟他过夜，然后第二天就能听见那女人骂他咒他，因为他不过是个醉鬼，满口谎话。但后一天又会有另一个女人来取代她。对我和碧碧，应该说是对所有人来说，亚奥是一个活着的传说，他能跟人聊上好几个小时，说那些女人，说他是怎么勾引她们的。最后我才明白，那些都是法术，他会巫术，仅此而已。可惜我们没有了解到这个秘密，这对于我们未来的生活应该是很有用的。

很早的时候，晨光一照亮树木，我就下到了花园里。我从来都不喜欢赖床，碧碧能一直睡到大中午。就算阳光照进她的房间，她用被单把自己裹起来，遮住眼睛，还是不醒。

我呢，坐在花园芒果树的影子里，做梦般地看着那些蚂蚁在树根之间奔忙，或者在一个本子里画画，植物，花，种子，然后在旁边贴上一个样本。爸爸给了我福尔马林，好涂在样本上。我用装三明治的那种塑料袋子把它们封起来，气味很涩，学校的同学们都嘲笑我。但我学会了喜欢这种味道，有点算是死亡的味道，也就是那个时期的味道。

他们在说话，透过紧闭的百叶窗，我听到了窗后他们的声音。对于他们的争吵，我有第六感，知道他们会吵起来。我竖起耳朵，猜测事情的发展，推断危险之所在。我想到了盘子，当然了，还有五斗橱抽屉里的剪刀，爸爸办公桌上的裁纸刀，我竖起耳朵，但声音并不太尖利，语调并不急促。他们说得很快，又暂时停下来。在这空隙之中，充满了各种平常的声响：街上汽车的声音，警车在鸣笛，没有排气管的巴士在轰鸣。花园一片死寂，争吵的声音让鸟儿们闭上了嘴。

除了这些声音，屋里的一切都还沉睡着。我轻轻地爬上楼梯，四肢着地，好不弄响木头的台阶。我在他们的房门前，他们的声音静了下来。我试着猜测门那边会发生什么。我的心跳又快又强烈，好像我是在做什么不被允许的事情。我害怕这突如其来的宁静。他们是都死了？还是正蓄势待发准备着一场你死我活的战斗？我从来都不喜欢他们的宁静。宁静是黑暗，是空洞，宁静是世界的尽头。我记得小时候，奶奶死了，没有跟任何人说什么，我进到了她的房间里。百叶窗半掩着，灯光灰暗。盖着她身体的床单一直拉到她下巴。她的脸是灰暗的，合上的眼皮好像两个深色的斑点，嘴唇没有了，缩到了牙龈上。但吓到了我的，是那片静谧。我站着不动，手臂上的汗毛都竖了起来。我费了好大的劲，才挪开脚步，走了出来。

现在说话声又响起来了，讲的是一个奇怪的故事。我的耳朵贴在门上，听得一清二楚。我母亲，我父亲，说话的主要是我母亲。我马上明白了，她说的是我。我是怎么猜测到的？我想我早就料到了，早就料到这一刻的到来。在梦里就是这样。了解之前就知道了。或者说在了解的那一刻，我们说：是了，这是迟早的。我早就知道，我从来都知道。

我如此频繁地想到这个场景，我不知道我的记忆是否确切了。这个场景我重复构想了一千遍。四肢着地爬上楼梯，耳朵贴着木门，言语交错。平庸的语言，日常的语句，啃伤我啃疼我的语句。

“那个小拉切尔”……“没有家人，没有妈”……“得告诉她，必须的，听见了吗？”……“你得告诉她真相，她不是我生的，你得告诉她”……“拉切尔不是我的女儿，她永远成不了我的女儿”……“早该把她留在什么地方，需要孩子的人少不了”……“没有名字的拉切尔，说到她时就该这么叫：无名拉切尔”……“捡来的孩子，大街上捡来的，没人要的”……“意外、倒霉才生下来的，谁的孩子都不是，你听见没，谁的都不是”……“我不会让她抢了阿碧伽伊的位置”……“我不要她再叫我妈妈”……“妈妈妈妈，她这么叫让我恶心”……“得告诉她，现在，马上！得告诉她真相”……“就说她出生在一个地窖里，是个意外”……“不是要赶她出门，我们又不是坏心肠的人”……“她看我的时候，我想抽她的耳光”……“她招惹我，你知道吗？我敢肯定，她什么都知道，有人告诉她了”……“她还假装什么都不知道”……“从她的眼神就能看出来，她看我，眼神直直的，是在招我，是在说：说啊，说啊，说出来你不是我妈！”……“我受不了她了，她的坏心眼，她那么狠毒”……“这是为了阿碧伽伊，我不想她以为什么，让她猜想什么”……“她，她抢了我女儿的位置，要她的那一份儿”……“她，一个婊子的女儿”……“在地窖里被强奸的”……“小拉切尔小拉切尔，这都不是她的名字，她本该叫做茱迪特[①]或者耶萨贝尔[②]，她让我害怕，我看着她，不晓

① 又译友弟德，罗马天主教和东正教《圣经·旧约》中，讲述了古犹太民族的女英雄友弟德杀死入侵外敌首的故事，这一题材经常在古典油画中出现，表现为手提人头的女性形象。——译者注

② 又译耶洗，《圣经·旧约》中的负面女性人物，生性冷酷。——译者注

得她在计划什么”……“我受不了了，她恨我，我告诉你，她恨我，恨我们，这个魔鬼”……“是的，魔鬼，你不知道有的孩子是魔鬼的吗?”……“小拉切尔，小莉莉斯[①]，在门口偷听，在监视”……“我害怕，夜里我梦见她进到我们的房间，手拿着刀，她把刀藏在她床底下，你知道的”……“她会在我们的咖啡里下老鼠药。”

等等。

我想不起来了，我不知道我这一天干了什么。我跑到了外面花园里，芒果树下有个我喜欢单独待着的地方，我藏在了那里，还用手堵住耳朵，希望不再听到那些无穷无尽地回响的话。“魔鬼的孩子……对，告诉她……捡来的，大街上捡来的孩子……地窖里意外怀上的……”那些声音还在继续响起，一直传到我躲起来的地方，就好像我还趴在他们的卧室门口，把一切都听得一清二楚。妈妈（就算她说过了那些话，我还这样叫她）的声音说：“没有名字的拉切尔，没有妈的孩子。”我该是在粗壮的树根的盘绕之中，靠着树干睡了过去，不在乎这天早上细密的小雨，也不在乎蜘蛛或是红蚂蚁。我大概睡了挺长时间，直到亚奥来找我。碧碧也来

① 犹太传统中的魔女。——译者注

了。她最擅长于在不恰当的时机找到我，带着一脸的无辜，拱在我身上蹭来蹭去，学猫叫，小声哼哼，轻轻叹气。“你在做什么？你怎么藏起来了？你怎么闭着眼睛，不想说话吗？妈妈会不高兴的。”这是我头一次恨一个人，头一次，我一下子长大了，再也不是个孩子了。

我决定什么也不说，但是什么也不要忘记。就是这样，我才说我一下子长大了，就好像喝了爱丽丝的魔法药水。人还是孩子的时候不会想到未来，看碧碧就知道了。她就像一个小动物那样活着，她有着小动物的需求。饿了渴了，她就哼哼：“妈咪，求你了，一颗糖。妈咪，我想要杯果汁。”困了，她就径直躺下，客厅的沙发上，电视机前，或者爸爸妈妈的床上，甚至鼻子杵到汤盘里，然后就睡着了。有几次，她张着嘴躺在地毯上睡着了，那样子活像只任性的小狗。妈妈就骂：“瞅瞅！拉切尔，把碧碧弄到她床上去。得照顾你妹妹啊，别让她睡在地板上！”然后就是我把她扶起来，搀着她。她呢，跌跌撞撞，闭着眼睛，鼓着嘴唇。我把她放到床上躺下，再仔细地掖好蚊帐。我机械地做着这些，一点儿也不反抗，没有可商量的。这是要干的活，好换来食物和住处。碧碧挂在我身上，小胳膊挽着我的脖子，身体慢慢往后坠。她什么都指望着我的时候，我挺喜欢她。有一天，我有些惊讶地发现，自己正想着用两个枕头闷死她。我是在莎士比亚的一出戏剧里看到了这个的，那是学校图书馆里的一本厚书，我把它拿回了家。我清清楚楚地记得，在把她放到床上、掖好蚊帐后，我想着：把她弄死是挺容易的。这不是我的错，是她自己的妈妈说的，我是魔鬼的孩子。

于是，我渴望成为一个对他们来说完全陌生的人。我跟谁也没说，也没有写在日记里。因为，我知道巴杜太太看我的日记。我就写些鸡毛蒜皮的事，跟谁见面了，学校的作业是什么，或者写一些我看到的句子的片段，但不写名字，好让她以为是我写的，我是有才华的。比如这一句，我记得的：要达到完成一项重要工作所需的独立状态，空间和时间上某种程度的孤寂是不可或缺的。这是伯特兰·罗素说的话，但我没有提到他的名字。

从这时候开始，我决定不再用他们的真名。“他”或者“她”。一定要说明的话，那就是巴杜先生和巴杜太太。他叫德雷克，她叫舍娜兹。因为她在一个巴西肥皂剧里听到了这两个名字就觉得挺喜欢，我做了这个决定，并且做到了。谁都没有注意到这个，除了碧碧。有一回她对我说：“你为什么把妈妈叫做舍娜兹？她不这么叫啊。”我笑了笑说：“你不懂，你还太小。”

我继续像以前一样生活着，像我还什么都不知道时那样。唯一的不同，就是身体深处的那个结，心里深藏的那个角落。我没有哭，我也不再笑。有时我假装忧愁，或者假装幸福。过节的时候，我帮巴杜太太准备吃的，洗盘子，客人很多，于是盘子也很多。我机械地洗刷着一切，什么也不想。学校这头，我的成绩直线下降。我进到教室里，坐着不动，也不听。我也不胡思乱想。我只是跟块木头一样，就像匹诺曹。学生们在嘻嘻哈哈，老师们在唠唠叨叨。我成了透明的，变成了桌椅的颜色，空荡荡的椅子，没有人用的桌子。巴杜太太骂我：“你在学校怎么什么都不干？你以为我们给你交学费就是为了让你睡觉去？”我迎着她的目光看着她。我露出一丝让她发狂、让所有人发狂的微笑。她想要扇我一巴掌，但我学会了躲闪。虽然我的灵魂静止不动，好像一汪不流动的冷水，但我的身体却反应敏捷。跑起来没人抓得住我。只需两跳，我就到了花园里或是外面大街上。我还会爬到树的高处，跟猴子一样。我随时都会像只母猴子那样咬人。巴杜太太厌烦了，放弃了。她的漂亮嘴唇字正腔圆地吐出威胁的、恶毒的话：“臭女人！小婊子！你一辈子都没出息，你要靠你的屁股过活！”我想，她第一回跟我这么说的时候，我九岁。我很快明白这根本就没什么大不了的。归根结底，她更需要我，而不是我需要她。她需要我帮她照顾碧碧、买东西，还有别的好多事情。至于巴杜先生，叫德雷克的，则不喜欢这些吵吵闹闹的场景，他把自己关在楼上的房间里喝威士忌，这大概能堵上他的两只耳朵。

破产的灾难降临到巴杜一家头上时，我没感到有多意外。这家人对什么都不在意。对他们来说，没有什么值得上心的，除了他们的争吵、叫喊、闹剧，然后再和好、眼泪、饶恕、酒醉之后的承诺。我呢，我冷冷地看着这一切，觉得自己好像是在动物园里，跟猴子在一块儿。他，巴杜爸爸，一只红毛猩猩，长着大脑袋，脑袋顶已经秃了，胳膊和腿都长满了毛，腆着大肚子。她呢，艾斯戴尔，别名舍娜兹，比她丈夫小十五岁，很长一段时间她都声称我是她妹妹，或者表妹。自从我知道了她不是我妈，我才不在乎她跟人胡说八道假装年轻。我曾以为她讨厌我，后来有一天我明白了，她其实是嫉妒，因为我是那么年轻，有一天我会取代她的位置，让她显得更老，让她臣服在我的力量和聪明之下。她嫉妒，也因为碧碧。就算我对碧碧不好，嘲笑她，把她弄哭，可她还是喜欢我。我是她的偶像。她什么都想跟我一样，学我说话，学我走路，学我穿衣服，学我梳头。我的头发又长又直，梳起来的粗辫子一直垂到背的中间。碧碧呢，她的头发又细又卷，几乎是金色的。她把头发打湿了，弄得直一些，然后再试着编起来，明显的，这根本管不住，辫子散了，蝴蝶结挂在一缕头发上，摇摇晃晃，好像是掉进了蜘蛛网里的什么东西。这时我就取笑她。我们从学校走路回家的时候，我故意快走，好甩掉她。或者藏在哪个门洞里，然后看着她哭着在原地打转。这也不是为了好玩儿。这有点儿像是某种科学实验。我想看看，别的人在感觉被遗弃的时候，会是什么样子。

然后有一天，得搬家了。我也没有大吃一惊。巴杜先生和巴杜太太的架已经吵得越来越厉害了，我在他们门口听到的只是只言片语但意味深长，像这样的："完了，没希望了。"要不像这样的："你做这些的时候想到我了吗?"或者说："混账，坏蛋，蠢货，都弄光了，都搞砸了，你有没有为我着想，还有我女儿，她怎么办? 我呢? 你想到我了吗?"我听着，心怦怦跳，但不能说我担心什么。甚至，内心深处，这还让我挺愉快的。这种感觉有点像逗弄坏了的牙齿，或者拨开伤口唤醒疼痛的感觉。反正我在这个家里什么也不是，反正他们背叛了我。记着数就好了，这里一拳，那里一拳，对手快站不稳了。哈哈！他快倒下去了！巴杜先生，还有漂亮脸蛋儿的舍娜兹，他们俩都要倒了。碧碧也察觉出了什么，现在她像一只受惊的小狗一样紧紧地贴着我。最后还是我说："是吧，巴杜家，完蛋喽！"她并不是因为太小而什么都不懂，她也仅仅是一直生活在一个梦里，以为什么都不会发生，她会永远拥有她的粉色房间、小鹿斑比的枕头、她那些愚蠢的娃娃，还有仙女每次拿走她一颗乳牙时都会留下的装着钱的信封。（这个家里是不会提到老鼠这事儿的，因为舍娜兹怕死了。）我呢，一段时间以来，便开始训练自己在地毯上睡觉。

那时还得清点所有的物品。那些好车早就消失了，唯一剩下一辆生锈的大众小卡车。房子里堆满了东西，都是商店里和仓库里来的：一盒盒的鞋、手提包、布料、一瓶瓶的酒、古龙水、化妆包、玛丽牌饼干、成包的小香皂、两三套陶瓷餐具，甚至还有折成四折的没有充气的足球。这些廉价商品没有被执达官没收，巴杜先生则指望着靠这些逃过上缴命运的东西在别的什么地方东山再起！我不得不说，住在这样的一个杂货铺里，跨过种种包裹和纸箱去上厕所的生活还是有些滑稽的。就像住在一个满是沉船残骸的沙滩上。这让这废墟显得不那么悲剧。

连着好些个星期，碧碧和我扮演着小贩的角色。事实上，周围的人，或者还有债主，都到这里来拿东西，巴杜先生则让我负责这买卖。我跟他们讨价还价，寸步不让。收来的钱有纸币，加纳塞地、非洲法郎，甚至还有美元。我把它们用皮筋捆起来，藏在碧碧的床底下，晚上我们再算好账，把一天的收益拿去交给巴杜先生。我们一本正经地干着这事，我们是他真正的售货员，账户管理者。这个家真奇怪，现在我们破产了，一切反而好了起来。大人的房间里不再有吵吵闹闹或者哭哭啼啼的声音了。我呢，则和碧碧一起睡在有蚊帐的一张床上，就像她小时候，还怕黑的那阵子。

之后，一切一塌糊涂。

我记得，这个夏天，每天下午都下着雨。我预感到离别将近，因为家里来访的人络绎不绝，巴杜家的朋友们、沾亲带故的人、在喀麦隆传过教的一个叫阿尔玛的姨妈、从法国来的表兄和形形色色我从没见过的人。这些人离开的时候都会带走点儿什么，甚至一个来清点物品的执达官也带走了舍娜兹的一套银制小勺。学校放假了，碧碧和我就总是碍着这些人的手脚。我们盯着他们，好几回，我们还抱着家具或是别的什么东西，好让它们不要消失得那么快。碧碧挽救了她那些陶瓷脑袋的娃娃，这都还是她奶奶的东西。我则留下了一套象棋，虽然我不会下这种棋，但我挺喜欢那些乌木的棋子和木头镶嵌的棋盘。我把它藏在了碧碧的床底下，好不让巴杜太太再拿走。

与此同时，各种传闻四起：科特迪瓦打仗、造反者、天主教徒打穆斯林，似乎外国人都正在被疏散到别的国家：布吉纳法索、几内亚，甚至摩洛哥，各处的法国学校收外国人的孩子。我猜想着有一天我们可能得像小偷一样拎着行李箱滚蛋了。像叫花子一样。我们能去哪里呢？这些非洲国家，都不是我们能去的地方。这些国家会接收叫花子吗？

就在快放假的时候，我们跟教会学校的朋友们道了别。那些女生：温迪、丽兹白、弗朗索瓦兹·格兰、米莱耶·弗莱斯特、西西尔、双胞胎奥黛丽和阿勒克斯·佩尔、左拉·温格、迪娜、爱莎·本·卡森、梅兰妮·陈，还有国际高中的男生们：拉蒙、西蒙·达夫兰古尔，还有有着漂亮的浅色眼睛的杰基，我们互相许诺，不管发生什么，都会写信，再相聚，虽然谁都明白这全是假话，我们根本就不可能再见面。

我和碧碧去城里转了一圈，好去看看那些树和树枝上倒挂着的蝙蝠。因为下雨，潟湖里的水是浑浊的。道路上挤满了轿车、卡车和手推车，就好像所有的人都在搬家，可能战争就要降临了，所有的外国人都要去到世界的另一头了。是杰基的父亲开的车，一辆硕大的白色越野车，车门上印着联合国的标志。杰基的父亲是坐办公室的，他就快要去刚果了。我挺喜欢杰基，放假前他请我去了他的生日会，我们偷偷地在屋顶上抽了大麻，然后我们还接了吻。那是第一次有男孩把舌头伸进我的嘴里。我喜欢他是因为他也没有母亲。他妈妈在他六岁的时候就走了。但我没跟他说我的事。我想，那时候我是迫不及待地想要离开，跟非洲撇清关系，在法国、比利时或者随便别的什么地方开始新的生活。

十月份，我们越过了边境，接二连三快速发生的事情如漩涡一般，清晨六点，戴高乐机场的停机坪上排满了非洲人，带着寒意的风、云层，细到看不见的雨点往下落，穿着制服的女警察一边看证件一边打呵欠。为什么我没有护照？只有一个英文的出生证明、疫苗接种证明、嬷嬷们开的学校的成绩单、文件遗失声明、新护照补办申请，而巴杜一家都有着崭新的法国护照，人群推搡，前行，穿过长长的走廊，碧碧和我背着背包，里面塞满了小玩意儿、纪念照片，还有要拖着的行李，出租车带着我们上了高速路，路上的车还都亮着灯，雨刷来回摆动，碧碧靠在我的肩膀上睡着了，张着嘴，一缕金色的头发粘在脸颊上，就像她小时候那样。

莱克朗兰·比塞特尔的马尔罗文化中心、迪士尼广场，就是我们的新世界。一个奇怪的地方，一半儿挂在一个小山包上，周围是楼房，街道不知道通向哪里，而高速路则发出涨水的河流的声音，还有另一边的巨大墓地。一开始，我们经过那里时还捏着鼻子。以前在塔科拉迪上学路上经过墓地时我们也会这样做。还有这些人，赶地铁的、坐公车的、在街上走的，这些永远停不下来的人。很快，我们就明白了得忘记过去。对我来说这挺容易的，因为我很久以来就没有了自己的生活。那边的一切都凸显着不真实。但是对阿碧伽伊（她不再愿意我叫她碧碧了）来说，这简直是翻不过去的一页。每当从叫做七月十四日的初中回来，她就把自己关在房间里，陪着她的是她那些娃娃、照片，还有舍娜兹从上班的地方带回来的时尚杂志，因为这位巴杜太太在弗里昂街上的一个牙医那儿找到了一份当秘书的工作，牙医还成了她的情人。至于巴杜先生，他在我们之中再没有了位置，在巴黎待过一段时间后，他到比利时住下了，在北海边一个普通的大众餐厅打杂。他倒是想了不少办法想要把碧碧带走，但是舍娜兹不干，她给他们的故事画了个十字，甚至还提出了离婚。这些对我来说没什么要紧的，这都是只想着自己的大人们之间的鸡零狗碎。但让我伤心的是碧碧，因为我看得出来，她明显地振作不起来。我放学后陪着她，看着她一页页地翻杂志，或者给娃娃编辫子，就好像她还只有六岁。我们也说说话，假装我们还在那边，在那栋白色的房子里，还有花园、长尾猴丘芝、小母狗莎莎、大狼狗和那些鸟，这一切还会持续很久。某天早晨我们醒来，一切还会跟以前一样。

她躺在我的怀里睡着，我抚摸着她丝一般的头发。我轻轻地给她讲故事。外面是我们不认识的城市，不认识的人。我们在一个一切都还有可能发生的梦里。只需放下窗帘，打开电视机，让世界自己渐渐熄灭。

有时候，慢慢的，世界来到我们的身边。放学后女孩儿们打来的电话，迪士尼广场上或马尔罗文化中心跟男孩儿们的约会。我们俩总是在一起。碧碧长得比我快，我们穿着一样的衣服，牛仔裤和黑色的套头帽衫、黑色篮球鞋，天气真的冷的时候，我们穿着一种带假毛领的无袖的棉服，看起来就像小混混或者像稻草人。我用黑色的眉笔给碧碧化妆，加上蓝色的眼影，好让她有猫头鹰一般的眼睛，她说她活像浣熊，因为有黑眼圈。有男孩儿带着我们在迪士尼广场或者马尔罗文化中心游荡的时候，我们坚决不分开。我希望最漂亮的是她，男孩儿们看的只是她。随着时间的推移，我变得又黑又瘦，唯一不错的是我的头发，我让头发垂下来遮住一边的眼睛，像个黑色的逗号一样挡住我的脸。而碧碧，她有着丰满的胸脯和屁股，虽然她想把这些藏起来，但男生们就因为这样才喜欢她，他们看她的时候，我感觉自己是透明的。只不过我嘲笑他们："你还以为自己挺聪明的，是吧？"男生乱了神，凶了起来。"你的智商还不到我妹妹的脚跟儿高呢，明白吗？"他耸耸肩，碧碧笑着，吻我，表示说我俩永不分离。

就这样，我们还是每天闹一场。就是为了些鸡毛蒜皮的事，因为我没有等她一起出门，或者相反的，她去文化中心的时候我不愿意陪她。我跟文化中心有什么关系？难道我们真的和他们那些扯淡的话剧，没完没了的政治讨论，还有关于未来的没用的计划有什么关系？甚至他们的饶舌歌手或者迪斯科我们也一无所知。他们从来没听说过我们那些真正的歌手：费拉·库提、费米、法图玛达·迪亚瓦拉、贝卡。有一回，我给一个女孩儿——我挺喜欢她，因为她是中国混血还是别的什么——在我的随身听上听了一首法图玛达的歌，吉他、非洲手鼓、还有她的嗓音起伏曲折环绕，那女孩儿听完就说了一句话："你就是喜欢这样的，是吧?"是的，我就是喜欢这样的，但她又能明白什么呢?

我看着碧碧渐行渐远，月复一月，年复一年。高中时放学后，她不回家，而是在外面呆得越来越晚。她去酒吧喝红酒，我能闻到她嘴里的酒气，还有头发里香烟的味道。有的晚上她当服务员，她还没满十七岁，但因为她的胸脯，她看起来比实际年龄大。我却像个病态的少年，臀部狭窄，胸部平坦，而我的头发则让我看起来疯疯癫癫的。

也有钱的问题。她收到的有巴杜先生的转账，还有舍娜兹家里的礼物，但我并不为此感到嫉妒。钱简简单单地横在我们中间，像墙一样把我们隔开，虽然我不知道具体的缘故，我觉得碧碧那时候知道为什么。她肯定是知道了我妈的事儿。她从来没提起过，除了有一两次，发火的时候，她说："你又是谁，你?"就好像我是从一个垃圾桶里捡回来的，或者是一只猫，被遗弃在破车还是在别的什么东西下面。她还说："我要做什么，你没什么可说的，你对我没有任何权利。"这句话真的伤到了我，我当时不知道该怎么回答。而当我习惯了这一想法后，我又占了上风："我们谁都不是谁的什么，我们不是真正的姐妹。"我还说，"去给妈妈说呀，这个女人对我来说什么都不是，就是一个女人，一位夫人。”我现在就是这么说的：“夫人，夫人说了，夫人想要。”我假装是她的仆人，我跟她鞠躬：“夫人您要的东西好了。”这让巴杜夫人变得歇斯底里。

为了过日子，我打过一些工。碧碧除了在酒吧，永远找不到别的什么，我还能找到不少路子。这其实只是因为我明白，任何人都靠不住，而且永远都得说假话。我曾在机场的一个香水店做销售，于是有了可以进出免税区的胸牌，碧碧连这块牌子也嫉妒。只要看到让我感兴趣的招工启事，我总是第一个去面试的，人们也总是马上就把我留下。不过让我挣了钱的工作，是在一个私立的波兰学校看孩子，学校在蒙梭公园旁边，在这里上学的都是有钱人的孩子。我看的那一组孩子里有波兰斯基的儿子、波尔坦斯基的女儿，这些个孩子挺讨人喜欢，也被惯得厉害，不过我有这些年对付碧碧的经验。他们录用了我，什么都没有跟我要，我没有证件也没有推荐信。但我清楚该怎么表现，怎么穿衣服，怎么说话、走路，我猜我表现得像一面镜子，有钱人在里面看到了他们自己的样子。

虚无、声响，还有流动的生活交织在一起，消失在漩涡中。这本可以永远地持续下去。广场、街道、地铁，不是什么所在，又是个什么地方。有那么一天，巴杜夫人把我们撂在原地，搬去住在了她的牙医家，那位著名的拉尔德基大夫，种植牙和牙齿整形专家。她去和他一起住在了巴黎的一套公寓里，一开始，碧碧不愿意去和他们一起住，于是医生接着付莱克朗兰·比塞特尔这边的房租。

就好像我们什么也不想看到，什么也不想明白。忘却，让大脑负责制造回忆的这部分变得不敏感。一天，我把一切都扔进了垃圾桶：所有的非洲的照片、女生们留了言写了小诗的同学录、电影票，甚至还有录像带，那是教会学校的联欢会，碧碧穿着毛皮的裙子，唱了比莉·何莉戴和艾瑞莎·弗兰克林（二者都是美国著名女歌手）的歌。碧碧好几个晚上都没有回来了，我气疯了，发着抖。我把所有的纸都撕了，掰碎了CD，还割破了大拇指，血涌出来，溅得到处都是，但我没人诉苦，我把破了的地方用透明胶粘上，再把手指裹到一张破布里。

后来碧碧回来了。她按了门铃，从猫眼看出去，我几乎认不出她来。我问："是谁?"她已经说不出话了，虽然碧——碧还是很容易说的，她甚至说了阿碧伽伊，但她的声音一点都不像。她站在楼道里，靠着墙，我唯一看见的就是她在流血，她的嘴唇肿了，全是血，双眼周围是黑的，好像用眉笔涂满了，但那不是化的妆，是有人打了她，她的头发沾满了眼泪或者口水，贴在脸颊上。我扶着她走到了沙发边，她躺下了，用手遮住了脸，我把她的手指一根根掰开，才帮着她清洗了眼睛和嘴唇。我没有问她任何问题，反正她喝得太多，已经说不出来了。她散发着酒精和大麻的味道，当她张开眼皮，眼珠往边缘游走，没法聚焦看着我。我没有打电话给警察，要是看见她这个样子，我敢肯定他们会把她弄到医院去折磨。我在她身边待着，她睡了整整一天，再加一下午，只有一次起身去厕所呕吐。

接下来的几天，我几乎一直呆在她身边。我打电话去学校，说我生病了，也取消了我的那些约会。我坐在沙发边的地上，帮她起身，穿衣服。她几乎什么都没说。我想她可能什么都不记得了。她在路上摔了一跤，才在人行道上摔坏了门牙，她这么说。她两腿间有瘀青的地方，我想，她是被灌了毒品，被强奸了。肯定是她上班的酒吧的经理，一个叫佩罗内的，还有他那帮朋友，但她不记得他们的名字了。那边是战争。碧碧和我，曾经生活在一个打仗的国家，人们描述着可怕的事情，我们才从那里离开，但是是在这里，一个文明的城市，有着漂亮的建筑、干净的广场、地铁，有警察守护着一切的地方，她是在这里被打被强奸的，我的妹妹碧碧，我抚摸着她的头发给她讲故事的阿碧伽伊，那么天真那么温柔。是在这里。

巴杜夫人来了。我给她打电话，好让她知道发生的事情。她来了，穿着她那身行头，豹纹裤子和毛领的夹克。她不看我一眼，从我面前走过去，吻问了她的女儿："亲爱的，我的宝贝，人家怎么对你不好了，对不起，我该在你身边的，亲爱的，我的乖乖，告诉我。"她说得磕磕巴巴的。她要我证明了她是真心悔恨，然后开始控诉我："你怎么什么都没干？你看你把她弄成什么样子了？"我冷冷地回答说："我认为，您应该让她和您住在一起。这里对她不好。"舍娜兹发火了："你这个自私自利的人！你……你看见她这个样子，还什么都不干，你满不在乎，不在乎她，不在乎我，不在乎我们所有人，你是在报仇！"她疯了。我把这个也告诉了她。碧碧哭喊着，试着帮我说话，然后就跑到房间里把自己关了起来。我于是收拾了自己的零碎，走了。

我在好些个地方都住过，皇后镇的朋友家，是两口子，带着宝宝的；还有另一个同事那儿，在巴黎的另一头。我再没有了任何人的消息，就算是他们互相杀了对方，我都不会知道。我时不时地回到马尔罗，去排练。那不算是真的话剧，而是有舞蹈和阿拉伯音乐的一场戏，剧本是哈基姆写的，根据《一千零一夜》之第二百零二夜改编：巴杜尔女扮男装，让乌木岛苏丹的女儿爱上了他。我演巴杜尔，可能是因为只要把头发裹到头巾里我就跟个男人似的。或者是因为我的姓氏的缘故，哈基姆头一回就这么说：宿命。我也不确定这好不好，但我挺喜欢黑暗的观众席、光线明亮的舞台，还有自然而然流淌的音乐。

从文化中心走的时候，我避开广场，从凡尔登往上，好绕过那些楼房。有一天晚上，我偷偷地瞟了一眼窗户，但看到的是低垂的遮光帘。电话也打不通了，可能被撤了，时不时的，我的身体右边有种奇怪的痛感，我弯下身子，就好像被人打了一拳。

我还做了一件事，我自己都不相信自己会有这样的勇气。一个星期六的晚上，我去了碧碧以前上班的那个酒吧。我想要见到佩罗内，我跟他没有什么好说的，感觉只是愤怒，空洞和愤怒。我坐在吧台前，喝了杯啤酒。在佩罗内的酒吧，服务员传信，让女孩儿去地下的房间，男人们在那里等着，这就是他们招徕客人的方法。这不合法，但大家都心知肚明。刚从非洲到这里的时候，我和碧碧来过这酒吧，正好好地喝着啤酒呢，服务生递过来一张五十块的钞票，说等我们回话。我们拿起钞票，飞也似的跑掉了。这不是为了偷钱，是为了给这些傲慢的混蛋们一个教训，他们的钞票不是什么都能买到的。

这一回什么事都没有发生。一般来说，男人们注意到的是碧碧。我等了一阵，但没人来找我。可能有人给佩罗内报了信，说我在。我能干点什么呢？我能冲着他大声嚷嚷，好让所有的人都听见：混账，你强奸了我的妹妹，你还打了她，打碎了她一颗门牙！碧碧为什么没有去报警？碧碧为什么忍了，就好像她什么都不是，就是张破抹布，是个情趣玩具、没有真爱的女孩？也正因如此，我才离开了和碧碧一起住的地方。我不能再看着她，这跟那个疯女人舍娜兹没关系，是因为她，因为人家给她的伤害，她照单接受，甚至有可能有一天，她会回到这酒吧来，还会跟佩罗内谈恋爱，当他的女朋友。我觉得一阵恶心，音乐撞击着我的头、我的肚子，我想下到地下室，但一个服务生堵住了楼梯："您这是要去哪儿？"我想象着碧碧正在男人们面前跳舞喝酒的样子，头有些晕。我问了厕所在哪里，然后用凉水洗了脸，再出去到了街上。空洞、愤怒。

一堵墙横在了我们中间。一年多的时间，我没有了她任何的消息。我给她打电话，她的手机永远提示自动留言，发的短信她也不回。她的什么我都不知道了。我去了弗里昂街，想偷看她。后来我才知道那位拉尔德基医生去了讷伊那边。是舍娜兹告诉我的。我按了门铃，她打开门，站在门口跟我说话，并用身体挡住了我的视线。

“我能跟碧碧说话吗？”

“她不在，你找她是要干什么？”

“她什么时候在？”

“我不知道，她不住这里了。”

“她还好吗？她上班吗？”

舍娜兹的眼睛一直很小，第一次，我发现她眼神恶毒，她肯定是没来得及化妆，过短的睫毛像扫帚毛一样。

“听着，别找她了，她不想再见你了。”

“这种话我希望是她自己告诉我。”

“发生了那么多的事情……”

“发生了什么事情？是我的错吗？”

我往前走了一步，舍娜兹觉得受到了威胁，想要关上门，而不经意地，我的鞋卡住了门缝。

“别再说什么了，不然我叫警察了。”

怒火升上来，我颤抖着，奇怪的是，我的眼睛干干的，我不想让这个可恶的女人觉得刺激到了我，哪怕只有一点点。没有开灯，我走下楼梯，她尖锐的声音在道梯里回响：“滚，别再来了，碧碧和我，再不想见到你，听见没？再也别来了！”

她什么都有。她什么都有，而我什么都没有。妈妈、爸爸、钱、自己的房间、纪念品：她小时候的衣服、写下第一个字母的作业本，她那时不会写 r，总是写反，还有乘法表、算术，她不会做除法，减法也不会。而我，谁都没有保留我的童年的任何印迹。我曾以为这是自然而然的，因为她更小，我得保护她。我记得，有一天，在塔科拉迪，我和巴杜一家参加一个聚会，那是在一个使馆的花园里，来了好多的孩子和他们的父母，有人问巴杜先生我是谁，他说：“她？是一个朋友的孩子。”我为什么什么都没说？我那时还不知道我真实的身世。那一天我就应该醒悟过来。“一个朋友的孩子。”他本可以说：“谁都不是，别在意。”我又想起了这些话，这些来自远处的话语，比童年还远，噩梦中的一句话，相比之下，后来舍娜兹说的那些话对我来说根本就没什么大不了的。我宁远听到“魔鬼的孩子”，至少这还让我发笑。

我想要抹去一切。我不愿再回忆起什么。我上班，我去酒吧里喝啤酒。现在我有个男朋友，这个自称是艺术家的出入于文化中心的男孩儿哈基姆·金，他又高又瘦，我挺喜欢他的双手、他温柔的举止，他有杏仁形的眼睛、深色的皮肤。他让我想起在塔科拉迪时喜欢我的那个混血儿杰基。他挺会弹吉他，他为《第二百零二夜》这出戏里的歌谱曲。

喝酒，是坠入一口深井。井底，最底下，离地面很远，那里铺着柔软的草。但睡在这张草垫上时，那气味是那么的甜腻，甜腻到令人恶心。哈基姆把我带回了他的家、离迪士尼广场不远的一间公寓里。那是第一次，他帮我脱了衣服，然后看着我趴在他的床上睡觉，嘴巴压扁在床垫上。他没有碰我，他说我打了不少呼噜，还说：“你打呼噜时挺好看的，像只猫在做梦。”我觉得这挺浪漫的。如果他趁我睡着了跟我做爱，那我不会再见他的，当我醒来的时候，他弹了吉他，没有插上扩音器。柔柔软软的音符缓缓地流下来，有点像非洲木琴的声音。他的房间是个半地下室，只有一扇通到街上的气窗，灰尘封住了那上面的铁丝网。房间里弥漫着汗水和发霉的气味，我在里面呆不了太长的时间。另一次，我们做了爱，算是吧，因为我还是处女，他也不太会。

时光流逝。灼灼的夏日，空旷的街道，低垂的窗帘，这些都过去了。我几乎是住在一个洞穴里。另外我常常在特罗卡德罗广场的水族馆逗留。我挺想去那里上班，但他们不要没有证件的人。“您出生在哪里？”“哦，这里呀。”大部分的人不愿意相信我的话。“您的身份证或者家庭手册？”我只有一个接种证明、教会学校的入学证明，经过几个雨季后，这些纸片也开始变得支离破碎，要是有警察盘查，会怎么样呢？他们会把我遣送到哪儿呢？去非洲，我还会挺高兴的。有一阵，我想着冒充碧碧，我还留着她16岁时的旧身份证，但就算是在这么模糊的照片上，我们也一点不像，她的卷发是金色的，浅色的眼睛，眼角下垂，而我蓬松的头发是黑色的，眼睛是杏仁型的。“你像是个越南女孩儿。”哈基姆头几次看见我的时候说。“我是被收养的。”我还说，“我不知道我的父母是谁，他们可能是越南人。”

水族馆，在大部分的时间里都挺安静，阴凉的地下，只有水池里透过来的暗绿光线，海鳗在那里面游着。我坐在长凳上，看着光线变换，阴影流动。像我梦里的世界。

我在原地旅行。背包里就是我的所有财产。白天，我一早就在街道上行走，像游客一样，然后驻留在公园里。那些地方有很多跟我差不多的人：年轻人、外国人。有时也有职业乞丐、扒手，远远地看见他们弯着腰走路的样子，我就赶紧绕道。对别的人来说，我简直是透明的。我想的是能穿墙而过就好了。下午三点左右，阳光灼热。看不到尽头的街道上，空气在柏油路面上震颤。要是走到离水族馆太远的地方，我就在公园里找个有阴凉的地方，好睡一小会儿。我知道，白天不会有什么危险。偶尔会有人来搭讪："你会说法语吗？"① "你叫什么名字？"② 不回答就没事了。要是那人接着纠缠，只消走进一家商店，一般来说，这些人很快就放手了。

当我不在哈基姆家蹭住的时候，我会找地方过夜，修女们提供的住宿，或者一个火车站旁的廉价旅馆。不过，我在波兰学校赚的钱正如冰雪消融般地消失掉，我算过，还能撑三个月，勒紧裤腰带还能支撑六个月。

我不买烟了，我去找那些四十来岁的先生们搭话："请问，我能不能跟您要一根烟？"这一招对那些坐在公园长凳

---

① 原文为不标准的英语：You spik frenchi？

② 原文为不标准的英语：Vats yur nam？

上的老人也管用，我拿了烟就赶紧溜，免得给他们时间来教训我。最危险的，是那些便衣警察。他们还是很容易认出来的，因为一般来说，他们都是两人一组，一男一女，但很明显，不是恋人。为此，我总是会买地铁票。不过有一次，我还是被一对便衣逮住了，他们问了话，男的想要放我走，可是女的不信我，他们就把我关进警车带到了局子里。一个警官检查了我的文件，看来我的入学证明和文件遗失声明不够说服他们。“您住在哪里?”我给了拉尔德基先生的地址，他们打去了电话。电话打了挺久，后来他们把我放了：“您很幸运，未成年人不得私自游荡这一条，好几年来都管不着您了。”不过他们还是采了我的指纹，还登记了我的姓名，我觉得挺逗的，这是很久以来第一次，我有了一个正式身份。

我是一个幽灵。这么说是因为我不想用别的词汇来形容我当时的生活，在这个城市中，行走，行走，沿着墙根往前溜，与一个个我再不会见到的生灵擦肩而过。没有过去，没有未来，没有名字，没有目标，没有回忆。我是一副躯体，一张脸。两只眼睛，两只耳朵。现实如水流般托着我，漂到这里或那里。某座门廊，某个超市，某栋楼的内院，某个通道，某座教堂。人成为幽灵的时候，就没有了时间的约束，没有了天气的限制。雨、晴、流云、热风、冷风。雨又来了。阳光下舞动的是尘埃，有时是小飞虫。声响骤起，放肆的汽车喇叭、呼噜声、空旷的公园里孩子的尖叫，铺着草坪的轨道上，电车疾驰，拖着尖锐、轻微或震耳欲聋的铃铛声，穿过天空的直升飞机噼啪作响。我是否说话，就好像有谁听我说话一样？我的随身听丢了，但想要把它找回来，只需把小手指插进耳孔里，我就能听见艾瑞莎·弗兰克林、贝西·史密斯、法图玛达、贝卡。我能听见费拉铿锵地唱着："我不是一个绅士"①。

这是唯一一些还有意义的单词。别的词都死了。词死了会变成什么？它们是不是住在天上、云彩间？或者是在一个遥远的星系中，在仙女系星云的旁边、某个我们永远都看不到的星星上？做幽灵不是没有眼睛，恰恰相反，我什么都能看见，一直到最小的细节。人行道泥垢上的每一个褶皱、每一条缝隙、每一块印记。那边墙上的红色长条痕迹。那边，破碎的海报，被撕掉的词语，在风中飘浮的音节。

BLE

ond

① 原文为英语。

PI

数字，

3077

nx0t125Ibtac1212

日期，

再没有任何用处的时间的渣滓。

还有这些街道，

帕特尔内

巴士德

冯丹杜比

兰姆科夫

瓦莱特

埃尔内斯丁娜

安托尼-卡莱姆

埃库夫

格里博瓦尔

贝尔让斯

瓦尔米

构成毫无逻辑的路线，就好像我到处都走过了。这些通道、走廊、大街，这辈子真能全走一次也不错了。

我的手里握着一张地图，月台上买的，一开始是为了假装游客，让人以为我是在参观博物馆、著名的建筑和咖啡馆。后来我把这个理由忘记了，我给不去的街道编号，然后大声念出它们的名称。

我坐在卢浮宫金字塔下的长凳上，因为那里还比较凉快，而且也有成千的人在这空间里来回走动，男人、女人、孩子，眼神空洞，双腿疲软。我选择复杂的路线，从布洛尚，穿过德莫安那街，从圣玛丽教堂门口经过，然后从勒让德勒到杜隆，穿过大街，贝尔内街、康斯坦丁堡街、罗马街到圣拉扎尔火车站。在那里停留一阵，看看，听听，想想。

有什么东西在我身体里灼烧，当然有阳光（不是说在非洲就没有太阳似的）。整个白天，行走在道路上和满是灰尘的公园里，穿越广场，登上成片的台阶，在石头的长凳上等待。到了晚上，我的脸、双臂，还有双腿，都有燃烧的感觉，似乎是某种热病从皮肤钻进了我的身体。在咖啡店的厕所里洗脸时，我看到镜子中的自己变黑了，双眼通红。我一点儿一点儿变成了一个怪物。女人们避开我，别的人则偷偷拿眼睛瞟着我。有一回，一个年轻女人从镜子里偷看我，被我发现了，怒气突然爆发，我攫住她的肩膀喊起来："你想要干什么？说，你想怎么样？"她挣脱开跑掉了，我听见她在尖声叫骂，我只感到头晕，似乎听到了舍娜兹的声音："她疯了，这个人！"在咖啡厅里，服务生把背包递还给我："我们这里不欢迎您。"我连咖啡钱都不用付了。这是第一次，后来几乎成了家常便饭：咖啡、争执、驱逐。这事儿给了我信心，人们怕你是因为他们能看见你，你还存在。

渐渐地我接近了弗里昂街，拉尔德基先生的牙医诊所就在那里。我老在植物园呆着，在温室里。那是夏天快结束的时候了，经常下雨，温室的玻璃墙上，雨水像小溪般流下来。我重新闻到了非洲土地的气息，我倾听着雨点的声响。我呼吸着潮湿的味道。这一切像寒颤一样占领了我的身体，就像以前发烧时的感觉，又温柔又痛苦，我的眼泪快要掉下来了。我喃喃地说："碧碧，你在哪儿？你为什么抛弃了我？"

她差点因为发烧死掉了。在沿海的公路上，从大巴萨姆回来的时候，天上掉下来的雨点同样沉重。热气润湿了我们的头发，汽车在坑坑洼洼的路上颠簸，天空是黑色的。在边境上，我们不得不等了两个小时，车的手续不齐全，我还没有护照。爸爸费了不少口舌，又用成卷的加纳塞地交了罚款。到家的时候碧碧已经说不出话了，也站不住了。整整一夜，我都守在她身边。我想要祈祷，可是又说不出来别的什么，只有重复，直到结巴地说："我的上帝，别让她死。"第二天，医生来给她打了针，但她还是一直烧了好几天。他说碧碧可能会抽搐，会变得不正常。我一刻不停地盯着，看着她的每一个寒颤，我从冰箱里拿来凉毛巾，我逼着她喝水，她想上厕所时，我帮她坐到便桶上。后来我想，我是从那时候开始跟碧碧疏远的。可能我不敢看到痛苦，就这么简单。而且我知道了她不是我妹妹，她迟早有一天会放弃我，待在巴杜家那边，她会过自己的生活。事实也是这样发生的。

哈基姆把我接到了他家。他恋情高涨，他想要我做他的女朋友，或者说他要做我的情人。这是他说的话。他想要我们一同开始一段共同的生活、成年人的生活。他从他家跑了出来，他的父亲很暴力，他时而和母亲在一起生活，时而待在收容中心，有过最坏的经历：离家出走、非法住别人的空房子、毒品、跟做地下买卖和入室盗窃的小流氓为伍。他只比我大五岁，但他像大哥哥似的跟我说话：“别做这个，别做那个，你比这些人都要强。”我听他的话，去上话剧课，去参加见面会，他想我演《第二百零二夜》，他说我在戏剧上有天赋。

他的朋友很多，他们也都以为我们真的在一起。但几个星期后，空洞和愤怒的感觉又重新找上了我，我又走了，背着背包，帽檐一直拉到耳朵边。我需要静一静，也就是说街道上的声音，接踵摩肩的人群。我在比塞特尔的周围，或者是朱斯埃和植物园周围的这些个街道上转来转去，或者是奥斯特里茨的车站、圣梅达尔、奥尔托朗、佩斯塔罗兹、帕特里亚尔什，也会去丹佛尔—罗什勒、拉东布—伊索沃尔、阿莱西亚、布鲁塞、卡纳比斯，还有圣安娜医院周围、帕斯卡尔、科尔多利耶尔、布洛卡、克鲁尔巴尔布、勒居莱特、布尚戈，最后，某个日子，这一天或者那一天，某个晚上或者某个白天，从马恩大街，或者查迪翁、尚丹、卡恩、卡尔东、库尔米耶——为什么这些名字都是C打头？我的脚步总是把我引到弗里昂街。这条路上，丑陋砖头砌成的楼房围出一片空地，当中照例伫立着一座钟，年轻的流浪汉、老醉鬼聚集于此，旁边超市的保安或者附近楼里的看门人时不时恶狠狠地把他们赶走，但他们还会回来，好像在这儿落下了什么，在同一地点，在那些肮脏的通道上，在金雀花和夹竹桃的花盆之间。柔和的阳光被玻璃墙反射回来，这些窗户之中，有一扇属于牙医拉尔德基和他那深色皮肤别名为舍娜兹·巴杜的女助手的。

我是这些徘徊者中的一员：流浪汉、乞丐、饥饿的孩子、扒手、妓女、孤僻的老头、因为静脉曲张溃疡而绑着腿的老太婆、年轻的抑郁者、农奴、被放逐者、流亡的非洲人、敏感的灵魂、寻找巫医的改宗者、洗手不再摆摊玩牌的人、想自杀的人、谨慎的谋杀者、没有了孩子的母亲、被驱逐的妻子、离家出走的少年、可耻的暴露狂，以及种种。在这当中，我是那个没有名字、没有年龄、没有出生地的人、我是一块被削下来的果皮，浪推着我搁浅到了这块水泥地上。

一个毛里塔尼亚的老人，穿着无袖长袍，就算是夏天也在读他的书。之后，他先用阿拉伯语，再用法语，缓缓地、毫无差池地背诵圣训①：

人体的各个关节在太阳照射的每一天均应施济；在两个

① 伊斯兰教创始人穆罕默德的言行录。——译者注

人之间履行公正是施济；帮助一个人骑上骑乘，而后再把行李递给他，这也是施济；美言是施济；为到清真寺礼拜而走的每一步都是施济；扫除路障亦是施济。

他的话有什么意思，我不太懂，让我感到平静。

一天，他看着我，然后说："热爱上帝，就好像你能看见他，因为，就算你看不见他，他也能看见你。"

但我寻找的不是上帝，我有点想告诉他。我找的是我的母亲。那个创造了我、用她的血液和乳汁喂养了我、孕育了我，并将我抛入这个世界的人。除此之外，还有什么对我有意义的事吗？战争、饥荒、罪行、革命，关我的事吗？这都是你那个能看见一切的上帝的事儿吧。

哈基姆·金不停地谈论着世界上发生了这般或那般的事情，他听广播、看电视，他义愤填膺。贝鲁特或杰宁的无辜者被屠杀、自杀式袭击，伊拉克、加沙、非洲被空袭。他对这些话题驾轻就熟，在他的公寓里，在他的朋友和助手中间，拿着马尔罗给他的社会工作者的报酬，享受着他的权威。他那扯淡的话剧。他，是在好人那边的。他，从来都有母亲。有一天，他带我去见了她，在梅兰旁边的市郊，他敲了敲门，她应声而来，那是个长满皱纹的驼背老妇人，穿着一件绣花的卡夫坦长袍，双手和前额覆盖着蓝色的文身。她不太会说法语，而她的阿拉伯语句子又支离破碎，她给我们端来了甜的茶和干椰枣，我们走的时候，哈基姆吻了她的前额。

我按响了拉尔德基医生的门铃。还以为会看见舍娜兹，但开门的却是个年轻女孩。她让我填了一张表，不是故意找茬，我几乎所有的牙齿都很疼。是，这是初次就诊。我编了个名字：丽贝卡·库提。我敢肯定医生从来没听说过非洲打击乐[①]。地址一栏我本来要写尼日利亚拉哥斯，可那小女孩摇了摇头："在巴黎的地址，有吗？"于是我给了哈基姆的地址。检查进行得很快。医生看了看我的口腔，除去口罩，摘下眼镜，判决如下："小姐，您的牙齿状况很糟糕，需要好几个月的时间才能全部修复，您应该采取另外一项解决方法，而且花费更低。"什么方法呢？"把所有的病牙都拔掉，然后装一副假牙，您要是没有钱，社保可以报销。"我差点笑了出来。要是在他面前的是他那个可爱的养女、他为其在医学院谋到了一席之地的女孩，他会给予同样的建议吗？让她在二十八岁就没有了牙，取而代之的是一副满是金属钩

---

① 非洲打击乐，afrobeat，由生于尼日利亚的费拉·库提确立其风格。——译者注

子，固定在最后两颗大牙上的假牙？在一张有抬头的纸上，医生潦草地写上了医院里一个医生的名字。他不愿意收钱，他希望我赶紧拿起背包戴上帽子离开，回到我的大街上，我也没有必要在门口偷听他给他的宝贝打电话，让她想办法让我不要再来诊所浪费他的时间。

我梦见我点着了火。

不知道在哪儿，也不知道是怎么点着的。我只感觉到火苗令人舒坦的温暖，还看见夜色中橙黄的光线。在马尔罗，地下室的门从来都不锁。我想象着剧场里，黑色的墙、走廊、挂在墙上的照片、道具、满是涂鸦的厕所。纸箱燃了起来，火苗马上蹿到了一块巨大的黑布上，那是巴杜尔公主的布景。我呼吸到布料燃烧、塑料熔化的味道。我听到了火苗呼呼作响，就像在过去，园丁在花园里烧棕榈树叶时的声音。有一次，一棵棕榈树也着了火，碧碧和我惊恐而兴奋地看着老鼠们跑上树顶，绝望地尖叫，这是一种野蛮的愉悦。夜幕下火苗熊熊，升腾的火星儿蹿到了星星之间。我们听着亚奥小声唱歌，嗓音低沉，他把棕榈树叶和干掉的椰枣枝扔到炭火上。他就像是个巫师，宽阔的脸上有梅毒留下的印记，脸颊上的旧疤透着血的颜色。爸爸赶来了，打开水阀，灭了火。“他疯了，不能让他在这儿干了。”巴杜夫人气得要命，但爸爸挺喜欢亚奥，可能是因为他羡慕亚奥有那么多女人，于是亚奥还是留下了。

地下室里，火苗啃去了纸箱，把塑料瓶变成了一摊摊透明的水。红色的火苗，绿色的火苗，橙色的火苗。我坐在地下，背靠着墙，脑子里唱着亚奥的歌，没有歌词，只有嗯……呜……呜……嗯……我打开背包，把里面的纸扔到火里，学校的成绩单、信、照片，然后还有哈基姆·金的故事、剧本，我不会再是女扮男装的巴杜尔公主了，再不会有王子发现睡梦中的我，半敞的上衣露出胸部。我不会去乌木岛了。我扔掉了我的出生证明，那上面有父亲的签名，证明我母亲身份未知，那时候还不兴说“母亲 X”，这一切都应该在这垃圾间里消失在烟雾中，我得变成另一个人。

我是恶魔的孩子，是她说的。她，舍娜兹·巴杜，德雷克·巴杜的另一个女人，阿碧伽伊·巴杜的母亲。所以我喜欢火。狭小的地下室里，火苗在舞蹈，呼呼作响，爆燃。美丽的红色光线照亮了肮脏的墙壁，垃圾桶的塑料开始化了，烧开了一般流到地上，我从没见到过火山爆发，但应该就是这个样子。我是强奸而来的孩子，挂在那个被强迫的女人的子宫壁上的孩子，在地窖里被一条公狗干了的母狗的孩子，一支蜡烛照亮，床垫放在地面。我是愤怒的孩子，嫉妒的孩子，有痛苦表情的孩子，因罪而生的孩子。我不知爱，只识恨。

我还以为一切的发生，都是因为我听到了那些话，在那边，在塔科拉迪的家里，当我爬上楼梯到门口，听到这个女人说，重复说，我是魔鬼的孩子。我跪着，轻轻地把这些话提示给她，就好像是在演话剧，我把话告诉她，让她用哭丧的声音、尖锐的声音重复我的话，就好像是在演话剧时哈基姆让我重复的台词，我是巴杜尔，扮成男人穿越沙漠，为了离我爱的男人更近，为了让他成为我的情人、我的爱人。

现在我什么都知道了。没有需要谁跟我讲，我把碎片拼到了一起，这张破碎的纸，上面的语句讲述了我的故事，我都拼好了，现在我能看见我的一生。一切是在那边开始的，谁都不要乱说什么。是在那边，在塔科拉迪，在那片大沙滩上。我母亲怀着我，在那海边，我听到了海浪的声音，我还没有负载着罪恶，因为我还没有出生。我漂浮在狭窄的腹中，而我的母亲在诅咒我，因为我压迫她的膀胱、她的肺。她呕吐，她诅咒我，如果她能把我从嘴里吐出来，那她也就解脱了。我是罪恶的孩子。而我在她腹中听着大海温柔的声音，我更想不要出生，一直隐藏在这水下的洞穴里，避开光线，避免寻仇。她不想要我。我出生时，在那边，在非洲，她遗弃了我。她不愿给我喂奶，她把我交给了修女，等那个男人来接我。没有过写着我名字的信，她没给我取过名字，是那位非洲修女照看的我，用奶瓶给我喂山羊奶，因为我喝不了牛奶。没有悲剧没有撕裂，只有空洞。是非洲女人照看的我，把我抱在她们的怀里，而后我的父亲把我带到了他家，就像领养了一只动物。他没有在领事馆给我登记，没有给我他的姓氏。这好像是一道痕，脸上看不见的一个标记，肚皮上的一条褶皱。我肚皮上的这条疤痕，在肚脐上方不远处，我一直以为是烫伤，来自于孩童时代的一个事故，比如我将一锅开水打翻在身上。我心里的这条褶皱，就是从这个开口，邪恶的风吹了进来。风把那些话吹进了舍娜兹的嘴里，而我，趴在门口倾听。

舞动的火苗呼呼作响，垃圾桶的塑料在地面漫开，烟扼住了我的喉咙，我感到头晕，我还能说话，转圈，像亚奥一样喃喃吐出话语，那些能蜷曲和折磨人的肉体、让人听凭摆布的话语。老棕榈树上，濒死的老鼠在尖叫。

我在医院。我不知道一切是怎样结束的：文化中心的保安拉了警报，哈基姆打电话叫了消防员。美丽的火灾！装纸的垃圾桶熔化在了地上，像巨大的口香糖。哈基姆·金评论道："你创造了一件真正的艺术品，水泥上这么多的黄色和绿色！"在警察面前，他试着替我掩饰："可怜的小家伙，她发现有烟，想去灭火，结果被毒气熏晕了，您明白吗？"所有的人都明白，谁都没有上当，那瓶没用上的石油溶剂奇迹般地没有被烧掉。寂静，现在只剩寂静，清算账目之前的波澜不兴。我太了解这种气氛了，巴杜家开战之前也总是这个样子。我真是训练有素。

我被安置到了一个单人间里，窗户上有铁丝网，墙是黄色的，没有家具，只有一张铁床、一张可以旋转的小桌子、一个输液支架。观察中，这该是为了确认我是否是个危险人物。我穿着一件绿色的睡衣，不知道我的衣服、背包在哪里。我什么都没有，他们是要从我的东西里找证据吗？护士是个高大的黑发男孩，安道尔人，有点儿像哈吉姆，开门进来的时候有着大大的微笑，说着温柔的话，他带着口音叫我小姐，不提问，不评论。我在这里多久了？两天，还是两个星期？我不知道今天是星期几了。可能是星期天，因为走廊里有动静，来访的人，来看遭受事故的儿子的父母，还带着水果，或者给护士替班的实习生。我的左手被包扎起来了，好像说我摔倒在了火里，吸入了蓝色的烟。蓝色的火焰是危险的，亚奥烧报纸、广告、纸箱，火焰的颜色随着照片的墨色改变。

碧碧来了。舍娜兹陪着她。我不知道是谁通知了她们。可能是哈基姆，从我们一起出入马尔罗那时起，他就留着她的手机号。不晓得他是不是一直和她有联系，可能他喜欢她漂亮的金色头发、浅色的皮肤。光是这想法就让我想笑，据说这是常事，一个男人同时喜欢上姐妹俩。舍娜兹待了片刻，然后就说她有事走了。她明白了碧碧想要单独和我呆在一起。

“好些了么?”

“挺好。”

“你确信？你的手怎么了?”

“没什么，受了点儿伤，没事。”

“你为什么不给我打电话？你从不给我打电话。”

“打电话做什么?”

“跟我说话。”

“喏，那可能就是因为我没什么可说的。”

“我担了不少的心，我不知道怎么找到你。”

“找我说什么？”

“你是我姐，不是吗？”

“我不知道……这句话没什么意义。”

“要是……我们本该像以前那样说话的。”

“有什么用，就为了闲聊？”

我看着碧碧，我觉得一生的时间都过去了。她看起来像是一个真的女人了，宽大的臀部、屁股、乳房，甚至连她的脖子都显得粗了。我敢肯定她和一个男人住在一起。她说道：

“我在医院上班。我在上大学，准备当助产士，你知道吗？”

“我不知道。在哪儿？”

“在卡昂[①]。”

我还以为她怀孕了。我身上，什么都没有发生。所以我的脖子一直这么细。都撑不住脑袋的重量。

“拉切尔。”

---

① 法国西北部城市，在诺曼底地区。——译者注

“怎么？”

“我知道，关于你母亲。”

“啊？”

我的身体一下变硬了，所有的神经、肌肉都紧张起来。绝不能胡乱反应。

“她想要见你。”

“不感兴趣。”

她坐在床头，我的腿那一边。她闻起来是香的，我都忘了。她身上总是有一种婴儿的味道。这让我觉得有些头晕。

“听着，拉切尔，我知道你会听我的。”

现在，她大，我小。我没有别的可做，只能听她说。

“你走了之后……我们不住在一起的时候，我搬去和妈妈一起住在拉尔德基医生家。我去了布鲁塞尔跟爸爸谈话，问了一些问题。你知道，我什么都知道。你以为我毫不知情，可是我什么都知道。”

我无法阻止心跳加快。我垂下眼睛，我不能再看着碧碧，不能再盯着看她嘴唇的启合。我们生活在一堵墙的两边，我们不能互相理解。她的那一边，一切都明亮美丽，有未来，她是自由的，有一个家、一个恋人，会有一个职业，会有孩子。

“为什么我们从来都没有谈过?”

“谈什么?”

我记得改变了的一切。以前，我们笑，我们哭。没有理由。只是因为害怕，或者巴杜先生和夫人吵架。我们赌气，只是因为碧碧半夜出门却不告诉我她去哪儿，而我得去酒吧找她，四脚着地地支撑着她，她吐的时候，扶着她的脑袋。我们曾经是一样的。现在，她住在另外一边，关于我她什么都不知道了。她有自由的钥匙，但我却在牢笼之中。我那么恨她，我想堵住耳朵不再听到她说话，虽然她嗓音悦耳，而我，因为酒精和烟草，我的声音已经跟一口破铁锅一样。

“爸爸跟我讲了。”

“爸爸……?”

“是的，我去他那餐厅见他了。他马上问起了你，他很担心你。他老了。”

我想嘿嘿冷笑。他，满身魅力的德雷克·巴杜。染过的头发、小胡子，还有他的雷朋眼镜。

“他胖了很多，这儿有点儿秃了，脑袋后面。”

“关我什么事儿，你在说什么呢?你来看我就是为了说这个?”

走廊里的人来来往往，他们推开门，探进脑袋。快到留置针注射的时间了，睡意已经袭来。

碧碧吻了我。“我明天再来，亲爱的。别我没来就走了，我不想我们再失去联系。”

我没有回答。我已经在做梦了。四周，一股巨大的温柔的热量袭来，从墙壁、门、有污点的天花板，甚至塑料的地面袭来，包裹了我。腿骨里，热量涌出，一直浸到皮肤表面，像是令人幸福的烧灼的感觉。这样的热量真的在这个世界上存在吗？有名字吗？

“你的生母想要见你，她把这事告诉了爸爸。她不知道该怎么办，因为她觉得你恨她。你的生活她一直都知道，她一直关注着，给你汇款。但她不想让你知道，她结了婚，有了孩子，你的异父弟弟妹妹。她有另外的生活，但她从来没忘记你。那些困难的时期，她一直想着你，虽然她不认识你。她一直都梦见你，重复你的名字，是她在你出生时给你取的名字，她填弃养表格时，让人在信封上写了你的名字。她那时候很年轻，离开了家人，把你生下来，但她抚养不了你，所以把你留下了。现在她想见你，就见一面。她随时可以来见你，你想在哪里都行，这里、卡昂，随便哪儿。她不想见爸爸，她太恨他了。但你想在哪里她都会来见你。她告诉了爸爸，爸爸告诉了我。她只是想见你，不见别人，她不想见我，别的谁都不想。你和她，就见一面。”

是碧碧在说话。

我们是在莱克朗兰·比塞特尔见的面。哈基姆还提议说去海边，去迪耶普。他觉得这挺浪漫。正因如此，我有时挺讨厌他，他总有这些愚蠢懦弱的主意，就好像整个世界都是他那扯淡话剧的舞台。广场，星期日，是个中立的地点。没有什么比一个星期天午后的广场更空旷的了。天气，已经冷了下来。灰色的水泥地上，几乎一个人也没有，零零散散的有几个带着孩子的身影，鸽子在草丛里踱着碎步。我想象着塔科拉迪的海滩在这个季节的样子，碧绿的海水、层层推进的海浪、海上发动机的隆隆声、温柔的风、鹈鹕。我没有任何感受，没有痛苦没有愤怒，尤其没有我在那边时，每次接近大海都会有的，心中的那一颤。我坐在一条长椅上，立起外套的衣领，帽檐压到眼睛上。约会的时间已经过了，正想走，一个身影出现在了广场上，不知道是从哪里出现的，她接近我，缓缓的，身体前倾。由于太阳光的反射，我眯起眼睛看着她。我有些吃惊，她那么矮，那么瘦小，肩膀狭窄，像个孩子，只是腿有些弯，广场破损的水泥地上，她有些困难地行走着，双臂微微张开。她穿着黑色的外套和裤子，头发是短的，也很黑，我看不见她的脸，只感觉到她也在看我。她马上认出了我。一股热流涌进了我的身体，从血管里扩散到胸腔，我不知道这是愤怒还是爱，我想说点什么，想站起来朝她走过去，触摸到她，但我动弹不得。

我是否在做梦？她站在我面前，不靠得更近，她在说话，我从我的身体里听见她的声音。她的声音有些年轻，清楚又有些尖细，像一个小女孩儿有些费力地吐出每一个音节，把句子切割成碎片，像一个不会说话的人，像一个缄默了许久的人，像一个背课文的人。她真是她所说的那个人吗？她不是来招摇撞骗的，就好像过去在塔科拉迪，那些围着巴杜一家转的人？我一言不发地听着她说话，我是如此用力地看着她，以至于脖子上的肌肉都疼了。广场上，离马尔罗不远的地方，一群孩子在玩球。皮球撞击在车身上，发出巨大的声响，惊起了鸽子。某个阳台上传来一声狗叫，好像舍娜兹那条小狗聒噪的声音。有一阵，有个小女孩儿走近了我们，大概十一二岁，挺胖，有一头浓密的卷发和一张亚洲脸孔，她目不转睛地看着我，我凶巴巴地冲她喊："你要干吗？走一边去，让我们呆着！"那小女孩儿一动不动了几秒钟，然后转身跑开了。她穿过广场，躲在树后面，继续朝我们的方向望过来，一脸的狡猾。我想朝她扔块石头，只是脚底下什么都没有，碎石子都没有。

黑衣女人没有任何反应，只是在我打发那小女孩儿的时候，停顿了几秒。她甚至都没有看她一眼。她盯着我，不眨一下眼睛。她不像我以为的那样年轻。她的脸透着疲惫，眼窝深陷，嘴巴已经显出了岁月的痕迹，嘴角的细纹是女人们掩饰不了的。但她的脖子还很光滑，可能是不久之前做过了拉皮手术。我厌恶我们相像这一事实。似乎巴杜先生跟碧碧谈到我母亲时，就是这么说的，重复了好几遍。很漂亮，跟拉切尔一样。确实，她有不少头发，很黑，肯定染过，而且苗条干瘦。这一切是不是个拙劣的玩笑？是不是巴杜先生登广告雇了个演员？但又为了什么？这是不是个阴谋？为了一份遗产而必须找到我的生身母亲？她在长椅上我身边坐下了。她想要拉起我的手，但我没有让她如愿。我看见她的手，一点也不像我的。她的手很小，干巴巴的，挺黑。而我很喜欢我的大手，我张开手指能覆盖钢琴上一个半音程的琴键。我的手比大部分男孩儿的都要大，正因如此我才能演巴杜尔的角色。但她呢？她叫什么？碧碧说了个平凡无奇的名字，米歇尔，或是玛蒂尔德。那她姓什么？住在哪里？做什么工作？有孩子吗？那会是我同父异母的弟妹？光这想法就让我恶心。我不想知道，不想听她说什么。我稍稍起身，但那女人把她的手放到了我的手臂上，她几乎没有抓紧，却似乎带来了让我全身僵硬的痛楚。

“听我说，”那声音说，“我从没停止过想你，我想要见到你，认识你，你出生的时候，我把你抱在怀里，你又小又轻，你八个半月就被生下来了，还不比一只小猫重。我看着你，在医院，我半夜醒来，去婴儿室找你，想要抱你，但医院不允许，我等到早晨，人家给你穿上医院的裙子送过来，但我想要紧紧地抱着你，你那么小那么软，你的眼睛看着我，你出生几个小时就冲着我笑，我不想失去你，我不想人抱走你，是我给你取了名字，是我，然后你就被抱走了……你受了伤害，我也是受了伤害，你从我这里被人抱走，你被种植在我身上，然后又被人抱走。”

我听着，屏住呼吸。我想要站起来，和她一起在广场上走走，指给她看我和巴杜一家一起住过的地方、我放了火的剧场，还有那个地下室，垃圾箱熔化留下的绿色和黄色的痕迹。我想要和她一起在某个沙滩上散步，在坚实的沙子上，感觉脚底海水的清凉，看着脚印被抹去。她直直地坐在长椅上，我挺喜欢她挺直腰的样子，不像大部分女人那样塌在椅背上。她的脚上穿着一双亮漆的敞口鞋，或者说有细带子的高跟凉鞋。

“我要跟你讲讲你的出生，我告诉你这个故事，但你得马上把它忘记。因为我跟你说这些事，不是为了让你因此去做好事，或者坏事，也不要让任何人知道这个秘密。你出生的时候，我只有十七岁，对生活还一无所知，遇见你父亲纯属偶然，那是在非洲，在海边，我爸妈在那儿租了一个房子。他当时开着一辆漂亮的车，我们开着车去海边，我记得有雾，我们在沙堆边停下时，我很喜欢被浓雾包裹的感觉，我以为自己正经历一段爱情故事，我什么都没有跟父母讲，夜里偷偷跑出去。然后有一天晚上，我们到了沙堆边时，他开始碰我，而我不愿意，但他力气比我大，而且开始变得很暴力，声音也变得凶狠，我试着下车，但他抓住了我，把我按倒在后座上，我想要喊出来，但又很害怕，我以为我快死了。我于是任凭他摆布，他做了，弄疼了我，他一直用手捂住我的嘴巴，我都没法呼吸了。然后他把我送回了父母那儿，我觉得很羞耻，什么也不敢说。我进了浴室，洗了很久，我父亲过来砸门，以为我在浴室里晕过去了。”

我不想再听了，这是关于我的事情，而不是别的任何人。谁都没有权利说我什么。我多希望听到一段爱情故事，一个美好的故事，就连舍娜兹都有过爱情故事，而阿碧伽伊是他们的爱情故事的结果。

我曾多希望，自己是这些猥琐的事件中的一个奇迹。我不想再听了，争斗、仇恨、我的存在被偷窃。

“闭嘴，闭嘴！”我喜欢我粗鲁的声音，就好像我骂那些勾引我妹妹的男人时用的声音，我站着，不停地说：“闭嘴，我不听了。”但她站了起来，在我身边小跑着，我听着她的鞋跟在人行道上哒哒疾响，好像惊慌失措的小女孩儿的脚步声，我想起了碧碧穿上舍娜兹的金色浅口高跟鞋，在大厅里跑来跑去，鞋跟在地砖上清脆作响，她的笑声如铃铛一样。

“你撒谎，是你抛弃了我，你自己走了，把我留下，我需要你抱我而你却把我像扔旧抹布一样扔掉，你把我扔进了垃圾桶！”

她还想说什么，但我大喊着盖过她的声音：“你撒谎！你撒谎！”而她那单调的声音重复着，毫无感情地背诵着：“我被强奸了，他强迫了我，我被强奸了！”我又喊：“撒谎！你扔了我！你抛弃了我，现在又来跟我说这些没用的话、这些丑事，我不要再听了，你走，回去找你老公，找你孩子，他们等着你，去找他们，别再跟我说什么了，也不要找我妹妹，也不要找巴杜先生，别再来看我，让我一个人呆着……”

我的嗓子哑了。我跑着穿过广场，回头的时候，她已经消失了。只剩下那群玩球的孩子和那个偷看我的阴险的胖女孩儿。我吓唬她似的挥了一下手，她于是也跑掉不见了，在街道的尽头，我还能看见这个女人的身影，她正从高地下到大街上，好似一只黑蚂蚁在小跑。

我疼，我呼吸的时候真疼。可能火焰里的毒素还没有完全消散，我还能感觉到身体里的灼烧，还有焦糊的味道，这个味道如今笼罩在马尔罗、迪士尼、这整个街区，挥之不去。

我多想隔开我们的墙能倒下。世界上所有的墙。插到我和碧碧之间的一切：阻碍、借口、带刺的荆棘、铁丝网、所有这些吞噬了我们的混账事情，那些闲言碎语、那些鸡毛蒜皮、那些公平和不公平。我多想一阵风能扫清这一切，海面上的那种暴风，而我们又和好如初，是世界上最好的朋友。我真的想要。

我由此可以说是新生的处女，出院后，我不想再回到马尔罗。广场、公园里的鸽子、迪士尼的老人、有一千零一个窗户的楼房，对我来说，这一切都不存在了。其实在我内心深处，它们从来都没有存在过。它们只是一些个城市现实的碎片，你看它，它才在，只要一回头，它们就像幽灵般消失。

当我告诉哈基姆·金我不会再参与《第二百零二夜》这回事儿，也不再回马尔罗时，他并没有真的惊讶。电话中，他沉默了一会儿，然后说："很好，好的，没有你，我……我们想别的办法。"我对此毫不怀疑，他给许诺了星星月亮的移民女孩儿不会少的。唯一的一点，是他再也找不到像我这样的漂亮头发了！不用再见我，他也应该长舒一口气。虚构的疯狂他挺喜欢，但要真搁到现实里他可受不了。他肯定会害怕我再在剧场放火，或者弄坏他收集的范·莫里森[1]的唱片、《月之舞》[2]、佩尔菲克多的皮夹克。我没有去确认，但他肯定已经换了锁。

① 北爱尔兰音乐人。——译者注

② 莫里森的专辑之一 *Moondance*。——译者注

我去西边住下了。为了离碧碧更近，我在阿罗芒什[①]的一栋房子里租了一个带家具的房间，虽然不直接临海，但只消半个小时就能走到盟军登陆的海滩。这不是塔科拉迪也不是大巴萨姆，但这块地方很空旷，辽阔的天空下，碧绿的大海就在不远的地方。房东是个叫克罗斯莱太太的英国老妇人，她住在这里，我想是为了离她丈夫更近——他在霸王行动中登上了这片海滩，数年之后死去。至少她是这么说的。她给我借了关于战争的历史书，还有关于盟军登陆的（我说明一下，德语里这行动被称为“侵略”）。她坚持让我给来此地缅怀旧事的游客当导游，因为我的英语说得像母语一样。我跟您提到过，我从来没真正有过找不到工作的问题。碧碧知道我想搬家的时候，她提议让我去卡昂跟她和她男朋友住在一起。他在医学院上学，叫迈克尔·朗，听说成绩挺好。但我不确定他会愿意每天早饭时都看见我。我也不确信她会这么乐意。人要有自知之明，不要超出别人理解能力的范围。我都不是在说爱，仅仅是谈到容忍，这可能也是这整个故事的意义。如果这个故事非要有个什么意义的话，其实连这都不一定。

---

① 法国西部诺曼底地区的一个小镇。——译者注

我忘了最滑稽，最可笑的事情了——尽管这事儿充满了一种苦涩和晦暗的物质。这件事是如此猥琐，就算我对巴杜一家人，尤其是我的生父有很多的了解，碧碧告诉我这事儿时，我还是感到难以置信。据说，父亲，英俊的德雷克·巴杜，境况如此窘迫，以至于他要求我的生母（我是说那个跟我在莱克朗兰·比塞特尔见过面的老太婆），向他支付一份赡养费，以补偿她遗弃我，并强求他尽父亲职责的过错。我能看见这只大猴子在他那个做水煮白肉和白菊苣的餐厅后间，满心遗憾满眼泪水地写着信，末尾还不忘留下银行账号。我猜在不经意间，他还把几根脱落的珍贵头发装进了信封里，作为他已然无果的请求的使者。

我来到了库尔库罗纳。我通过碧碧得到了我母亲的名字和地址。她以为我想要跟她和好，找回我的根什么的。她还挺激动："亲爱的，这个决定很棒，我以前不想跟你说，但是，没有别的方法可以抹掉过去，你得面对。"正是如此，我想抹掉的不是过去，而是这个人。真奇怪，碧碧突然之间变成了大人，我成了那个伤心时要人抚慰、睡觉前要人讲故事的小女孩。她抱紧我，我感觉到她因为怀孕已经隆起的乳房，在过去，我可能会激动得流下眼泪。但现在，我冷淡而遥远，除了这两只压在我平坦的胸脯上的炮弹，我什么都感觉不到，这让我伤心。

我坐着火车，穿过田野和一排排的楼房，来到这座城市。在铁道边，我头一次看到了那块营地。不是一个让人感到舒坦的地方。火车上，有一阵儿，一群孩子在车厢里跑来跑去，玩弄翻椅制造噪音。他们中间，一个十二三岁的男孩儿，长着一张漂亮的脸，很黑的眼睛，坐到我身边看着我："你叫什么？"我知道他们想要吓唬我。剩下的孩子们也来了，女孩们的短裙下穿着裤子，他们说着他们的语言，而男孩儿们过来紧贴着我。等他们明白我不害怕，就又跑开了。车到站时，他们就在月台上。我和他们一起走到了营地。那是在一条条高速公路之间的一个孤岛上面，木板和铁皮堆砌起来的房屋杂乱无章。汽车的声音一刻也不间断，好像阿罗芒什海浪的声音。我在营地外站着，这时来了一个年轻女人，她问我想要什么。她有点胖，有些粗鲁的样子。"我想找个能住的地方。"她傲慢地看了我一阵，然后指着一间屋子："这里，你可以住在我家。有一个床垫。"我进屋的时候，她向我伸出手来，"我叫拉达。还是要付钱的。"我报了我的名字，给了一点钱，两人就再没说过别的话。

我就是这样住进了营地。

我有一把左轮手枪。从艾玛·克罗斯莱那儿拿的，就在她卧室五斗橱的抽屉里，床单下面。是她指给我看的，那天，她跟我说起她丈夫、空军上校[①]克罗斯莱，这是他的军官配枪，口径三十八，小巧结实，弹夹的每个洞里都有一颗新子弹。

每一天，我离开营地，走在远离高速路的安静的街道上。我穿过的街区有整洁的小别墅、环绕着树篱的小花园。这里跟阿罗芒什挺像，只是道路尽头没有大海。时间已经是秋天了，太阳每天都会更偏斜一点。云从天空快速地流过，有时雨落下来，我挺喜欢冰凉的雨点打在脸上和手上的感觉。我的头发开始变得厚重了，有点儿发卷，像碧碧小时候那样。随着年龄，很奇怪，她的头发颜色变深了，也几乎变直了。我决定把头发剪得很短。明天，或者后天。女孩儿们很喜欢在决定改变生活时剪头发。我找着了一家理发店，就在镇上通往火车站的那条路上。我想要男孩儿一样的短发，就像奥黛丽·赫本在《龙凤配》里面那样的。不敢肯定理发

---

① 二战时期英国皇家空军军衔之一，是十个级别当中的第五级。——译者注

店的女孩儿剪得了这样的头发，她拿手的应该是烫卷，或者给老太太们把头发染成紫色。我要改变，我要变成另外一个人。

我可能会接受克罗斯莱夫人的提议，当她的养女。真说起来，拉切尔·克罗斯莱听起来也挺不错。我十岁左右的时候，在塔克拉迪，家里来了一个女人。她是舍娜兹的朋友，很高，很白，鼻子很大。她看着我，说："这个小女孩儿太可爱了，你们把她送给我？"我不知道舍娜兹是怎么回答的，我去花园里躲了起来。这个女人走之前，我都没有出来，我太害怕她会把我带走。

风衣右边的兜里，我的手抓着枪。自从到了营地，我随身带着它。我把它藏在枕头下，睡觉时，子弹也上了膛。我没告诉任何人。要是拉达或某个男孩儿看见了，肯定会把它拿去卖了。这确实比他们那些带保险的刀或者美工刀好多了。再说，我无论如何也不能弄丢一个空军上校的配枪。我得把它带回阿罗芒什时，放回抽屉里的床单下，说不定老太太都不会发现它失踪过。要不，我能编点儿什么："手枪？哦，对了，对不起，我借去了，是为了拍照片，是为了拍电视连续剧，他们想要把真的，而不是塑料玩具。"克罗斯莱太太会明白的，她那么喜欢电视剧。《罗莎·萨尔瓦赫》，她用录像机录下来，《最后的爱》、《黑色玉兰花》、《爱玛·格律克》。在比塞特尔也是，舍娜兹·巴杜和碧碧浪费掉大块大块的时间看连续剧。

在营地，没有电视，也没有 DVD 机。营地的头儿有台电脑，但他只用来看赛马或者棒球比赛的结果。他不喜欢足球，说是太假，而且那些球员被踢到的时候像娘们儿一样在地上打滚。营地里没有娱乐。晚上九点，都熄灯了。我躺在床上，手把着枪。我听着拉达的呼吸声。我知道她想要我，到目前为止她还不敢做什么。她做得很好。我想，好久以来我都没有睡过整觉了。

来到街上，我走得很慢。我走在树底下，有阴影的一边。这条路的样子跟街区里的任何一条路都一样，名字也一样，植物的名字，或者花的名字。玫瑰树街、枫树或柽柳大道、杨树街、柳树街。一开始，我会迷路。我到处徘徊，找不到我要去的那条路怎么走。现在，好几个星期过去了，我熟悉了所有的角落、所有的路线。要上到一个小山丘上，拐弯，从几栋小楼前走过去，绕过一个小区，就到了，就在对面，三条斜坡路的路口，金莲花小道，绿色塑料百叶窗的黄色房子，一段树篱，一扇白色大门。阴暗处有一个小通道，在树篱里，可能是流浪猫出入的地方。我就从那儿钻进去。我坐在树丛中，穿着绿色风衣，没人看得见我。我潜伏着，有小飞虫、蚊子，还有墙角下成排爬行的蚂蚁。有小鸟，我在树林里坐下的时候，它们喳喳叫，然后就不叫了，或者飞到别处去了。运气好的是，没有狗，这儿也没有，邻居家也没有。就算是莎莎，舍娜兹的那只小杂种狗也能闻到我叫起来。我在树篱里，安安稳稳的，可以偷看这家人。

我看不到什么真有意思的事情。早上，很早，就有个男人出来扔垃圾，然后在花园里站很久，眼神空洞地张望着。他有点儿胖，穿着灰色的运动服，头发也是灰色的。他站在阳光底下抽烟，仿佛这根烟是他一早上最重要的事情。然后他进到屋里，就再不见他出来了。我想他可能是在看电视，或者在厨房里弄点儿什么。中午之前，她不会出门。她开出来一辆蓝色的雷诺旧车，从树篱前经过，大概看看四周，然后就往库尔库罗纳方向去了，或者是去埃夫里，有商业中心的地方。可能在路上，上高速之前，她会碰上那些营地的孩子们，女孩儿们拿着水瓶子和肮脏的抹布。她可能会给一个硬币，好不让她们把挡风玻璃抹脏。或者她会冷冷地看着她们，抿紧嘴唇，摇起车窗锁上车门。总之，她永远都不会想到我也会在那儿，和那些女孩儿们在一起，拿着我的水瓶子和抹布。人们抛弃孩子的时候，有没有想过他们会变成什么样？

下午，她回到花园里。天气还不错，还够暖和，她把一张长椅拉到草坪上，看书，或者在阳光下打个盹儿。我试着猜想她在读什么，想什么。有时，我觉得能听到一些词。她的声音。这些词在我的脑海里旋转，转到发出尖啸，转到让我头晕。“真相”、“妨碍”、“暴力”，或者干脆是些更平常的、没道理的、没用的词，“今天”、“酒”，或者是我不认识的人的名字，可能是她的孩子们的名字，她的新丈夫的名字，“艾莱娜”、“马尔塞尔”、“莫里斯”、“莫里塞特”……于是我堵住耳朵，我用最大的力气把手按在耳朵上，耳朵深处疼了起来，我要压到鼓膜爆裂为止。似乎我从来都是听到了这些名字的，从童年开始，在塔科拉迪、在高中、在莱克朗兰·比塞特尔、在马尔罗。我感觉他们模仿了我的生活，他们一点点地掏空了我，吸走了我所有的能量、我整个人，他们把我劈成了两半、三份、十份。

风衣的右边衣兜里，我拿着手枪的握把，抚摸着金属的划痕、保险机，顶上击锤，掰下击锤。是哈基姆·金教我弄的枪。有一天他把我带到了拉加雷纳那边的一个射击用品店。我朝着靶子打了几枪，那纸壳子回来的时候，我发现那几枪全部击中了靶心，甚至有两发打在了同一个孔里。从我所在的地方，只要我愿意，不可能打偏。一颗子弹，就一颗，百发百中。会有一个火药爆裂的声响，几乎与此同时，但我能清楚地分辨出来的，弹头进入身体时发出的声音。一声尖叫也不会有，尤其，没有呻吟。连一声“噢!”都不会有。仅仅一声闷响，子弹进入左肺，穿透主动脉。

我熟知这座房子的每一个细节，花园、石子小路、花坛的圆拱、花丛、带刺的灌木丛，还有树：一棵长满虫子的柳树、一棵有着银白色叶子的桦树。就好像我很久之前就生活在这里，塔科拉迪的时期，就好像我还是孩子，和别的孩子在一起。但他们看不见我。对他们来说，我是隐形的，就像我对舍娜兹来说是隐形的那样。我不知道我为什么来这里，我不知道我在等什么。自从到了库尔库罗纳的营地，我就来这里，在这个树洞中。“你去哪儿？上班?”拉达用怀疑的眼光看着我。营地的孩子们跟着我在路上走了一阵，我想是拉达让他们监视我的，但我左拐右拐，直到他们泄气，他们的尖叫在这空荡荡的街区回响。有一次我把他们一直带到了商业中心。商店的经理还没注意到孩子们进了店，他们已经开始在货架间如印第安人般追逐叫喊。他想跟我说点儿什么，而我大声地，咬着牙根跟他说话，我从来没有跟任何人用过那种语气，不知道他是不是明白了我带着武器，他后退了几步，我说，怎么了？怎么了？他们干吗了，偷东西了？说啊，您看见他们偷东西了？孩子们跑到二楼，继续尖叫，在货架间钻来钻去，零零星星的几个顾客都被吓得呆在原地不动，当我走出商店时，孩子们跟着我出来了，一个个都消失不见了，在街道上，车辆之间，消失在高速公路带中孤岛似的营地里。这件事让我明白了我对他们的责任，某种意义上他们是我的家人，这也是必然的，因为我没有别的家人。他们也是，没有名字、没有家，不知道出生在何处，没有过去也没有未来。

我跟拉达不怎么说话。她也是偶然来到这里的，不真的是这个营地的人，她粗鲁笨拙，声音沙哑，可能坐过牢。可能她是警察的线人，所以才能待在这里，被一大群孩子围绕。这里没有什么必须，也没有什么一定，我挺喜欢。人生第一次，我有自由的感觉。

今天早上我很早就到了金莲花小道。美好的秋天的天气，天空明净。冬天的寒冷已经降临到了低洼处，风从高速公路上横扫而过。我走得很快，手插在风衣兜里，因为背包的重量，我的身体略为前倾。我带着所有的家当，每次离开营地都这样。住在这类地方，你不能确定晚上还会回去。所有家当，就是说内衣、洗漱用品、纸巾，还有一包卫生棉条、几张无关紧要的纸片，以及一本我随身带着的书，纪伯伦的《先知》，我在哈基姆的书架上拿的，没有问过他。不要问我为什么是这本书而不是别的，我一点一点地读，它像一首歌一样，我念一点儿，然后睡着。有一次，我被警察盘查，他们看了那本书，那个女的问："那，你是穆斯林？"我微笑了一下，没有回答，什么时候人们开始对我的宗教感兴趣了？那时候我还没有上校克罗斯莱的手枪，不然我可出不来了。于是我紧紧地握着这物件，大步走向金莲花小道。我知道，今天一切都会见分晓。不会再推迟到下一个冬天。

这座房子凝固在慵懒的宁静之中。鸟都不叫。我站在碎石小道上，看着紧闭的窗户。他们打算好见我了吗？或者这个女人，米歇尔·加布利耶尔，可能已经看见我了，已经打了电话去警察局求救。快来，我想她有枪。我害怕，这个女孩儿威胁着我，她进过一回精神病院，又被放了出来，要不就是她自己跑了出来，她很危险。不，不，我不认识她，我从来没见过她，我不知道她叫什么。可能是个可怜的女疯子，在外头流浪，她住在高速路那边的难民营，她带着一帮孩子在镇上跑，带着乞丐、吉普赛人、扒手。

我突然感觉好累。一天天地来到一座门窗紧闭的房子跟前，试图看到里面活动的身影，没有什么比这更累的了。在碎石小道上，我坐下了，背包放在身边。今天，谎言该到头了。今天，一切都应该明了，然后消失，就像一只电灯泡，发出最后一道光芒，然后黯淡。

时间紧张稠密，不肯往前流逝，或者说成了片断、碎屑，就好像我过着一只蚂蚁的生活。我能看见每一粒的碎石，白色、直角、冰海中的冰山，几片落叶，没有被除草剂杀死的几根杂草，碎的假山石，玻璃渣。干净的天空中，云朵如帆船般缓缓移动。它们离地面那么远。过去，在塔科拉迪，我看着云朵穿过花园上方的天空，我躺在地上，它们随着海风，轻轻悠悠地飘过。我和碧碧一起给它们取名字：鲸鱼、巨嘴鸟、白色食人魔、灰色食人魔、卡拉博斯坏仙女、小猴子。我是同一个人。我还是那个总是躺在花园地上的女孩儿，在世界的另一头，在非洲。现在得有个什么事情发生，好中断我这梦中的人生。我得进到人生的另一部分。

他们首先是去了营地，驱逐所有人。好像他们宣布了，说是这个镇子不再欢迎流浪者。拉达安排好了，他们收拾了东西，和孩子们一起，坐上警察局的车，去了一个收容中心，在那楼里，他们会有厕所和像样的卧室。然后他们就来找我了，悄无声息地。没有警笛，没有汽车发动机的声音，没有大喊大叫。慢慢地，好像他们走在沙子上、苔藓上。两个女的，两个男的。不像那些假扮成两口子潜伏在街角抓小鱼的便衣。他们在说话。他们在问什么。他们想要什么？啊，对了，我的玩具。他们想要的是我的玩具。我朝他们笑了。我朝我面前的年轻女人笑了。阳光照亮了她古铜色的脸。她的目光十分温柔，不像拉达那样。她来自那边，来自我的城市，塔科拉迪的街道、海岸角、艾尔米纳[1]，我记得，我见过她，姨妈带着我们，我和碧碧，参观了黑奴的监狱。碉堡附近，街道狭窄，房屋是用砖头和铁皮砌成的。她站在屋檐下的阴影里，看着我。她那时还很小，嘴唇厚实，眼睛因为惊恐而睁得老大。我给了她糖果。“别害怕，小姐。我

① 海岸角和艾尔米纳均为加纳沿海城市名。——译者注

叫拉玛达。我们来帮你。请把您的武器交给我。”我不害怕，我朝她微笑，我想要紧紧地抱住她，就好像我和她久别重逢。我喜欢她的名字，非洲的名字。慢慢地，我把手枪递给她，她接过去，交给了身边的男警察。“您跟我们来，我们会帮您，别害怕。”我和拉玛达一起走，她不愿给我戴上手铐。我像个小老太太一样趴在她的肩膀上，慢慢地走着，一小步一小步，石子在我们脚底发出细碎的声音，像海滩的沙一样。

我回来了。我还以为这根本就不可能。我还以为我永远都回不了非洲。我还以为在重新看到这片土地、这光线，重新呼吸到这空气、喝到这水之前，我就会死去。要是人们离开一个地方，像我那样出走，乞丐一样，没有身份没有行李，那他们还会想到回来？人们可以离开，但永远不能像游客一样回到他出生、长大、被背叛的国家。我本不知道这是可能的。我从来没想过。

首先要存在。由于我什么都没有，就得编出一个出生地、一个日期，找到证人、代签文件的人。是拉玛达做了一切。她联系了克罗斯莱太太、塔科拉迪圣母无玷修道院的修女们，她甚至还跟舍娜兹谈了话，打了电话给在比利时的巴杜先生。因为我不想用巴杜这个姓，她给我换成了克罗斯莱，只等收养手续办完。什么都不牢靠，文件过期，签名漏了，数字有误，但事情是办成了，就像是一系列的齿轮，一个带动另一个，从弹簧一直到初级民事法庭的裁决。是碧碧帮我找到了回非洲的方法，在塔科拉迪的卫生所当志愿者。然后我就出发了。

团队是多国籍的，有法国人、英国人、韩国人、美国人，甚至还有一个澳大利亚人。他们当中大部分都跟我一样，没有任何医疗经验。我们穿着一件尼龙的绿色褂子，有同样的帽子、透明的室内鞋。四个人睡一个寝室，过热的水泥格子一样的房间，还有公共浴室。我们晚上会聊一会儿天，站在草坪上，吸一根烟，好赶走蚊子。自我介绍之后，没有人问："你为什么来这儿？你以前是做什么的？"这让我觉得我们刚从监狱出来。外科大夫是个加纳人，叫德基奥医生。当我告诉他我是在这里出生的时候，他看着我，好像我在开玩笑。他的英语很好，带着英国口音。不过他的脸颊上有瘢痕纹身的印迹，我猜他是加族[①]人，或者是阿坎族[②]人。

---

① 加-阿当贝，加纳民族之一。——译者注

② 加纳和科特迪瓦的主要民族。——译者注

医院在去塔尔科瓦的路上，离大海很远。星期天，有空的时候，我们坐公车去市里。别的女孩都去市中心逛，我自己乘出租车去海滩。我没有试图找我们原来的房子。这是战争之后，以前的什么都没有了。海滩也跟我那时候的不一样了。要不然就是我想不起来原来什么样儿了。以前，有一片白沙滩，波浪平缓，现在那里伫立着用水泥砖墙、铁皮屋顶的小屋子，是想模仿那些度假村的草屋。渔民们的独木舟已经被桨划船和脚踏船取代，一段铁制的栈桥成了鹈鹕们最后的歇脚地。我走在柔软的沙滩上，吹着冬天的风。云层很低，遮住了海平线。塔科拉迪似乎已经不时髦了，想要去海边或者玩风筝冲浪的游客都往哥克罗彼特或者阿莫纳布去了。

我坐下看海，等着该回塔尔科瓦的时间。前些天可能有过暴雨，因为海浪的底下透出混浊的黄色，泡沫也不很白。但我辨认出了这气味，它让我颤抖，进入到我身体的深处，直到大脑的正中，这气味又甜腻又苦涩，不平和也不文静，一种无法理解的暴力的气息。这是我从母亲肚子里出来的时候，闻到的第一个气味。我还没有睁开眼睛，但我尽力张大了鼻翼，为今后我的一生，吸进了海的味道。我没有试图寻找我被制造出来的地点，那个昏暗的小木屋，在那里头，我母亲接受了我父亲的播种。或者，其实是这些破烂不堪的小房子中的一个，那时候，在宾馆的水泥舞台上，一个蹩脚乐队正在胡乱演奏着雷鬼音乐。这又能怎么样呢？我知道我的出生是在哪里，就在我现在工作的医院里。那时候，还不是一个正式的人道主义活动地（medecindumonde.org），而仅仅是一个乡下的小医院，由圣母无玷修道院的修女们操持，她们有几个是爱尔兰人，还有尼日利亚人，加上一个退休的英国大夫。我参观了所有的房间。最老的一间现在成了医疗用品仓库，里面堆满了成箱的药片、针管、输液器、输液袋。一个巨大的古董冰箱，门把锈蚀，嗡嗡作响，有时也发出咳嗽般的噪音。窗外是夯土的院子，周围有一圈柠檬树。当然，我出生时什么也看不到，这里也好沙滩也好。我像一只被遗弃的小动物，睡在旁边有椅子的摇篮里，心和拳头攥得一样紧，只会喝奶，弄脏尿布，直到巴杜家的人把我带去他们家。这又能怎么样呢？

我们的卫生所不经常收治婴儿。被遗弃的女婴都被送到首都的孤儿院里。在塔尔科瓦，这样的例子很少。昨天，我参加了一个阴囊肿瘤的摘除手术。病人六十来岁，但躁动的生活让他看起来比实际年龄要老。他最担心的是今后的性生活，注射麻醉剂前他拉着我的手，声音沙哑地说："你们不会给我弄坏吧，你们不会把它切了吧？"我只能跟他说："呵呵，您现在得老实一点儿了。"这个手术实跟屠宰现场一样，我的手套上、绿色褂子上，甚至是塑料鞋上，到处是血。后来，我出去到走廊跟别的志愿者一起抽根烟。太阳烤得我头晕。"怎么样啊？"一个没敢进去的女孩儿问我。我冷笑着，可能是因为我想到了就在这里，三十三年前发生过的，关于我的事情。

"嘿，比生孩子还可怕。"

我找了朱莉亚。我不知道她姓什么，只知道这个名字，是医院里的老员工告诉我的。她是圣母无玷修道院的修女们主持医院时的助产士。她不是嬷嬷，离开母婴部也已经很久了，不过很多人都记得她，因为她技术最好，要是孩子生不出来、胎位不对，或者产妇子宫收缩不够，医院就会找她。她有草药配方，有熬好的药汤，会一些祷词。她知道怎样安抚焦虑的产妇，也会按摩贪睡的初生婴儿的囟门。

问了好多人，我总算找着了她的地址。在市场旁边，夏日路，肯里奇药店旁。我是星期天去的，为了确信她在家。房子特别小，夹在两栋水泥楼房中间。逃过了街道翻建的这个小屋子活像一颗坏牙，插在一排过于洁白的假牙中间。我敲了铁门，开门的是个十五岁的男孩儿，带着不信任的神情看着我。他可能以为我是银行派来的或者这类人，带着盖了公章的文件来收走房子。当我说出了他祖母的名字，他叫了一声，头都没回。他仍然盯着我，眼神中有一丝挑衅的意味，他的鸭舌帽上有拙劣的饶舌歌手的名字，脚底穿着一双篮球鞋。朱莉亚出来了。我没料到她是这个样子，这么瘦小，这么朴素。围裙式的裙子和拖鞋，让她看起来像个农妇。灰色的头发编成辫子，扎到头顶，完全是小女孩儿的发式。我看着她什么也没说，但终于忍不住说了出来："我是拉切尔，您记得我吗？拉切尔。"太愚蠢了。她应该接生了成千上万的孩子，无数的拉切尔和朱迪德，还有诺尔玛。

但她没有把我赶走。恰恰相反，她拉起我的手，带着我进了屋。她的家，仅仅是一个昏暗的房间，被椅子和一张桌子挤满，桌上正中摆着电视。一个门上拉着门帘，门后应该是她的卧室，从光影上判断，那地方应该只够放一张床。男孩儿不见了，他去找他的伙伴去了，把我们留在屋里。我们在屋里待着，不说话。墙和门帘的绿色、六边形地砖的暗红色，还有地毯、钩花的桌垫，还有墙上的相框，这一切都妨碍着话语的发生，但我们并不沉浸在寂静里，因为我们听得见街上的声音，多人乘坐的出租车在摁喇叭，附近酒吧的录音机在放音乐。我跟她说，三十年前，是她迎接我来到这世上，给我喂奶，照看我，但她什么都不回答，只是点点头：“啊，噢。”她躺在椅子里，缓缓地摇着。她的英语说得很好，她上过学。我带来了一些文件——不是某个拉切尔·克罗斯莱的崭新护照，而是我从以前的生活中所挽救的一切痕迹：我出生时的文件、疫苗本和小学的学生手册。她一个一个地仔细看着。我还给她看了一张我怎么也没弄丢、就算是疯癫了的时候也留下来的照片，那上面有我和碧碧，在塔科拉迪的沙滩上，我九岁，碧碧四岁，我穿着比基尼的泳衣，碧碧只穿着一条小内裤，我们戴着草帽，白色浪花的反光晃得我们睁不开眼。朱莉亚接过照片，放到光线下，好看得更清楚。她微笑着，但我感觉她仍然有些警惕。一个像我这样的女人来她家做什么？可能，她的孙子，那个戴着鸭舌帽的男孩儿跟她说要小心，什么都不能签。她把文件重新按顺序整理好还给我，什么也不说。我在希望什么呢？希望她能想起我，叫我的名字，吻我？然而，我该离开的时候，她起身去了卧室，拿出相册，给我看她的家人的照片。其中的一张上，她三十岁的样子，身上的褂子本来应该是绿色的，但照片上仅剩下灰色。她的头上戴着一个折边的护士帽，脚上是白色的网球鞋。她微笑着，身后有成排的罩着蚊帐的摇篮。我知道为什么这张照片让我感动。这是第一次，我离我的出生这么近，从此以后，我再也不会了解更多了。朱莉亚感觉到了我的情绪，一朵云飘过她微笑的脸，某种回忆一类的东西，但很明显，这完全不可能，事情如此久远，我的名字和文件也没有让她想起什么，只是在我俯身看这张照片时，她把它从相册上摘下来，递给我，她没有别的什么可以给我，没有别的什么能跟我分享，但我不能接受这个馈赠。走出门重新把我赶回到街上时，她张开双臂，抱紧了我，她又瘦又小，但她却有着助产士的有力的胳膊。“玛-克罗”，我说，我唯一知道的契维语（加纳语言之一，是阿坎族的一种方言）的单词，“玛-克罗翁蒂”。于是她把双手放到我的头上，按下去，一阵柔和温热的雨顺着我的身体流下，让我颤抖。她进了屋，关上门。我重新走在街道上，走向出租车站。我有点儿头晕，可能是由于闷热的天气和拥挤的人群。再说，开始一个新的故事，总会有些令人焦虑。